ÉDIPO REI

Adaptação da tragédia grega Édipo Rei, de Sófocles, por

Didier Lamaison

Tradução: **Estela dos Santos Abreu**
Revisão da tradução: **Roberto Cortes Lacerda**

MODERNA

MODERNA

COORDENAÇÃO EDITORIAL
Maristela Petrili de Almeida Leite
EDIÇÃO DE TEXTO
Luiz Guasco
TRADUÇÃO
Estela dos Santos Abreu
ASSISTÊNCIA EDITORIAL
Sônia Valquiria Ascoli
GERÊNCIA DA PREPARAÇÃO E DA REVISÃO
José Gabriel Arroio
PREPARAÇÃO DO TEXTO
Estevam Vieira Ledo Jr.
REVISÃO
Silvana Cobucci Leite
GERÊNCIA DE PRODUÇÃO GRÁFICA
Wilson Teodoro Garcia
EDIÇÃO DE ARTE e PROJETO GRÁFICO
Anne Marie Bardot
CAPA
Anne Marie Bardot
DIAGRAMAÇÃO
Humberto Luiz de Assunção Franco
SAÍDA DE FILMES
Helio P. de Souza Filho
Luiz A. da Silva
REVISÃO DE FILMES
Liberato Verdile Junior
COORDENAÇÃO DO PCP
Fernando Dalto Degan
IMPRESSÃO E ACABAMENTO
Log&Print Gráfica e Logística S.A.
LOTE: *770779*
CÓDIGO: *12021580*

Dados Internacionais de Catalogação na Publicação (CIP)
(Câmara Brasileira do Livro, SP, Brasil)

Lamaison, Didier
Édipo Rei : adaptação da tragédia grega Édipo Rei, de Sófocles / por Didier Lamaison ; tradução de Estela dos Santos Abreu ; revisão da tradução Roberto Cortes Lacerda.
- São Paulo : Moderna, 1998.

Título original: Oedipe roi
Inclui ficha de orientação de leitura.

1. Literatura infantojuvenil   I. Título.

98-2313   CDD-028.5

Índices para catálogo sistemático:
1. Literatura infantojuvenil   028.5
2. Literatura juvenil   028.5

ISBN 85-16-02158-0

Título original:
Oedipe roi, Didier Lamaison
© Éditions Gallimard, 1994

Direitos reservados no Brasil

© **EDITORA MODERNA LTDA.**, 1998
Rua Padre Adelino, 758 - Belenzinho
São Paulo - SP - Brasil - CEP 03303-904
Vendas e Atendimento: Tel. (0__11) 2790-1300
Fax (0__11) 2790-1501
www.modernaliteratura.com.br
2023
Impresso no Brasil

Reprodução proibida. Art. 184 do Código Penal e Lei 9.610 de 19 de fevereiro de 1998.

*A meu pai, Georges Lamaison,
e a alguns companheiros seus,
Jean Beaufret, Alban Lamaison,
Daniel Pennac e Michel Saulnier.*

SUMÁRIO

Capítulo 1 7

Capítulo 2 21

Capítulo 3 30

Capítulo 4 39

Capítulo 5 52

Capítulo 6 66

Capítulo 7 71

Capítulo 8 77

Glossário 94

CAPÍTULO 1

Nos tempos míticos da Idade de Ouro, consta que as portas ainda não haviam sido inventadas. O homem delas não sentia falta. Não precisava proteger-se dos céus, que eram sempre clementes, nem dos bichos, aos quais ainda não havia ensinado a crueldade, nem dos outros homens seus irmãos, que não mentiam, não roubavam, não matavam.

***

Mas a história que vamos contar não se passou na Idade de Ouro — para muitos, essa época nem sequer existiu — e em Tebas, palco deste relato, as portas eram inumeráveis: as sete portas da muralha, as portas faladeiras dos arrabaldes e da cidade baixa, as portas sisudas da cidadela e, bem no alto, na acrópole, as portas majestosas do palácio real.

A própria Tebas, principal cidade da Beócia, era uma porta no coração da Grécia, entre o norte de relevo áspero e o sul risonho do Peloponeso; entre o Sol Levante da Ática e o Sol Poente para onde se estendiam as peregrinações ao santuário de Delfos.

Nessa época confusa, toda a desgraça que faz parte da vida humana se esgueirava pelos batentes de Tebas: desconfiança e maledicência, ignorância e medo, doença e morte. E até o crime.

Só uma porta parecia condenada: a da Esperança.

***

Ora, uma noite, essa porta se abriu.
E um homem entrou. Era ao cair de um desses dias de inverno, mirrados, que não conseguem se livrar completamente das trevas da noite. No segundo dia do mês de fevereiro, na bruma que encobria o limiar entre o dia e a noite, ele chegou. Nenhum morador da cidade baixa deu por sua chegada. Todas as portas estavam fechadas. Já não se esperava nada de fora. Os tebanos se recolhiam em sua angústia. Esse homem atravessou silenciosamente uma cidade marcada pela presença da morte. Piloro, o guardião da cidadela, conduziu-o até o vestíbulo do palácio, onde as criadas o receberam segundo as honras do costume. Várias vezes interrogado sobre as circunstâncias dessa chegada, Piloro só conseguira nomear três fatos a respeito do estranho viajante: a moderação de seu falar, a ausência de bagagem e o inchaço insólito de seus pés. De onde vinha ele?
— Do santuário de Delfos.
Para onde ia?
— Para o meu destino.
Como se chamava?
— Olhe os meus pés. Chamam-me Édipo.
Anos depois, era tudo o que se sabia dele.

E foi também com poucas palavras que o estrangeiro aceitou, no dia seguinte, submeter-se à prova que os tebanos propunham a todos os visitantes: enfrentar o monstro que aterrorizava a cidade.
— Onde? — perguntou ele, erguendo-se.
— A oeste, na estrada de Orcômeno a Onquesto — respondeu Creonte, o regente.

— A que distância?
— Duas horas. Na encosta do monte Fargas.

***

Raros eram os visitantes que aceitavam pagar tal preço pela hospitalidade de Tebas. Creonte não lhes escondia a verdade: o monstro era terrível. Alimentava-se de carne humana. Dispunha da força e da rapidez de um raio. Os melhores combatentes da cidade haviam perdido a vida nessa tarefa. Atacava com incrível audácia e velocidade, nos pontos mais inesperados, qualquer imprudente que se aventurasse sozinho além dos limites da cidade. Os tebanos viviam em estado de sítio. A impossibilidade de identificar o inimigo, onipresente mas invisível, aumentava o terror. Sugestionadas pelos mitos, as imaginações tinham feito dele um monstro a que chamaram Esfinge. A invenção não tinha limites. Algumas pessoas chegavam "a" descrevê-la com profusão de detalhes.
— Um rosto de ninfa com olhos verdes!
— E uma espécie de juba sobre os peitos!
— Ó céus, que peitos!
— Além do traseiro de leoa!
Leoa que afirmavam possuir também patas e garras mortíferas.
— Dizem que ela voa!
— E é verdade! Como poderia ferir tão depressa e tão longe, em tantos pontos ao mesmo tempo, se não voasse?
Uns juravam que não era na luta que ela matava suas vítimas, mas no convite ao amor... Ó Mediterrâneo...
Enfim, cada qual buscava tranquilizar-se como podia. Porque imaginar o pior ainda é uma defesa contra o inimaginável.

É claro que nenhum desses depoimentos era digno de fé. Ninguém vira o monstro — vê-lo significava a morte.

***

Ver...
Ver era o ofício dos adivinhos. Eram procuradíssimos. Viviam na prosperidade. As grandes calamidades favorecem os mercadores de crendices. Mas nem todos eram charlatães. E o menos charlatão era o respeitado Tirésias. Por ironia do destino, o velho vidente era cego.

— São seus olhos — repetia ele — que os impedem de ver.

Tirésias vivia só, em total pobreza, na entrada da cidade, abrigado numa palhoça. Essa simplicidade destoava da riqueza e ostentação de outros adivinhos, cuja ganância era uma desonra para a função que exerciam.

Era raro Tirésias sair dessa cabana, mas sua fama ultrapassara de muito os limites da cidade. Vinham de longe para consultá-lo. Como Tebas era ponto de passagem para a maioria dos peregrinos de Delfos, Tirésias adquirira grande renome na interpretação dos oráculos proferidos pela Pítia.

— As mensagens transmitidas pela Pítia parecem obscuras — murmurava ele na penumbra de sua toca. — Mas quem procura uma chave para torná-las compreensíveis decerto se engana.

Tirésias tinha um raciocínio, que não escondia de ninguém. Esse raciocínio apoiava-se numa constatação de mero bom senso.

— Se o deus Apolo, que fala pela boca da Pítia, quisesse esconder algo, por que iria falar? Se quisesse enviar uma mensagem aos homens, por que iria disfarçá-la?

E chegava à conclusão sentenciosa:

— Em Delfos, o deus dá sinais, cria um significado! Essa frase nada "significava" para a maioria das pessoas que o consultavam... Mas os poucos que entendiam o sentido daquelas palavras delas obtinham, ao que se dizia, grande vantagem.

Naturalmente, o velho cego foi consultado para esclarecer a maldição que pesava sobre Tebas. A assembleia do povo lhe enviara dois representantes. À pergunta que lhe fizeram, Tirésias respondeu com outra pergunta. Apenas uma:

— Já faz três semanas que vosso rei Laio foi covardemente assassinado. O que fizestes até agora para descobrir os culpados de tão abominável crime?

— Como procurar, Tirésias? Laio foi morto numa estrada distante!

— A Esfinge não nos deixa sair!

— Somos prisioneiros! Qualquer investigação é impossível!

Apesar de todos os protestos, Tirésias não dissera mais nada.

A assembleia do povo discutiu longamente o sentido da pergunta feita por Tirésias. Muitos adivinhos participavam da polêmica, na praça da cidade. Para eles não havia interesse em que a palavra de Tirésias fosse esclarecida nem transformada em verdade pública.

— Que relação existe entre a Esfinge e Laio?

— Ela apareceu logo depois da morte do rei.

— E daí?

— Simples coincidência!

— Tirésias está fazendo pouco de nós!

— Mistério sobre mistério! Assim é fácil!

— Será que ele se julga uma Pítia?

— Não, está é meio caduco...

No terceiro dia, todos se cansaram da discussão. O medo, que o falatório havia conseguido afastar, voltou a

habitar as mentes. E, junto com ele, o respeito pela sabedoria do velho cego. Por isso ficou acertado que Tirésias estava com a razão. Sim, a Esfinge era um castigo pelo fato de o assassinato do rei Laio continuar sem punição. Depois de estabelecida essa relação de causa e efeito, foi quase naturalmente combinado que quem libertasse Tebas da Esfinge subiria ao trono do falecido rei.
— É justo! Merece o trono de Laio quem conseguir tal façanha!
— É, é justo!
— O trono do rei e o leito da rainha!
Assim decidira o povo de Tebas.

**

A decisão espantou Creonte, que logo avaliou as graves consequências que ela traria: uma verdadeira revolução! Se os deuses concedessem a Tebas um herói assim, era grande a probabilidade de o homem não pertencer ao sangue dos Labdácidas. Seria o fim da dinastia! O que aconteceria com sua irmã Jocasta, se o homem a ela prometido já fosse casado? E se esse estrangeiro viesse de uma cidade inimiga — a vizinha Plateias, por exemplo, a guerreira Orcômeno ou a poderosa Micenas? Seria o fim do mundo!

Creonte expôs seus temores aos representantes do povo de Tebas. Em vão. O povo já decidira. O trono vazio dava ao povo a soberania absoluta.

"E a cabeça vazia de miolo dá aos povos transtornados a soberana possibilidade de tomar uma decisão idiota!..." Loucura! Empurravam Tebas para a catástrofe! Creonte jamais deixaria isso acontecer. Faria tudo o que pudesse para impedir. Mas Creonte logo esbarrava na própria impotência. Irmão da rainha, tinha sido nomeado regente. Simples encarregado para dar sequência aos assuntos de rotina... Pálido substituto.

Surgiu então uma grande ideia naquela cabeça que nunca tivera nenhuma: seria ele o salvador da cidade que amava acima de tudo e de todos! Salvaria Tebas mesmo que ela não quisesse. Ia salvá-la dela mesma. Foi assim que nasceu o projeto de se apoderar do trono. Mas não ia revelar a ninguém tal anseio. Precisava arquitetar tudo sozinho. E sem recorrer à força: Creonte cultuava a legalidade. A consciência de seus limites chegava a ser sua principal qualidade. Sob que pretexto se tornaria digno do trono?

Pôs-se a refletir no caso.

Compreendeu afinal que o próprio Tirésias lhe oferecera a resposta: sim, havia um papel de destaque a desempenhar na peça que se tramava... O papel que ninguém tinha pensado em assumir — vingador de Laio! Tirésias estava certo: era um escândalo que ninguém ainda tivesse investigado a fundo para descobrir os autores do crime. Como? Então o rei era assassinado e os responsáveis continuavam soltos? E não apenas soltos. Talvez morassem tranquilos dentro da própria cidade, sem preocupações, rindo-se do crime! A que ponto se havia chegado! Com toda a crueza: em Tebas, de fato, o assassino do rei podia contar com a impunidade!

Uma ideia empurrando a outra, Creonte já não duvidava de seu êxito. Quando o pesadelo daquela maldita Esfinge terminasse, os cidadãos despertariam e tomariam consciência da gravidade da situação. E só então ele entraria em cena.

Algumas semanas haviam se passado. O inverno estava no auge.

E aquele homem chegara.

O homem de pés inchados. O tal de Édipo. A criatura do inverno que, sem hesitar, aceitara enfrentar a Esfinge. Bem que Creonte o havia prevenido. Mas Édipo correu tão depressa para a luta que o regente nem teve tempo de lhe comunicar o prêmio que caberia ao vencedor. Creonte só apresentava essa cláusula bem no fim, de má vontade, arrastando as palavras.

***

Do alto da imponente escadaria, rodeado pelos chefes das melhores famílias, Creonte viu Édipo afastar-se. Não esperava que retornasse vivo. Não tinha corpo de atleta. Seu físico estava mais para o de um poeta... Ia ser uma nova vítima... Pena: era um homem íntegro. Foi para a luta sem se preocupar com a recompensa... Creonte lhe era grato. Todos que assistiram à cena admiravam a lealdade do estrangeiro que agia levado apenas pelo respeito às leis da hospitalidade.

Na palidez daquele amanhecer, Édipo atravessara a mesma cidade fantasma da véspera. Mas o silêncio era outro. As portas se entreabriam à sua passagem: nesse gesto percebia-se a admiração, bem como a imemorial covardia dos vivos diante de quem vai encarar a morte.

Quatro horas!
O tempo justo para o trajeto de ida e volta!
Só quatro horas e os vigias da cidadela avistaram um homem que chegava a Tebas. Vinha pelo caminho por onde Édipo havia partido.
Um arrepio percorreu a cidade.
— Seria ele?
— Já?
— De volta?
— Vivo?
— Vitorioso?
Até os mais incrédulos correram à porta de Bóreas para identificar o estrangeiro.
O carro de Apolo estava no meio de seu curso. O sol de inverno conseguira enfim surgir. Nem no corpo

nem nas roupas, Édipo trazia o mínimo sinal de violência. Tomada de espanto, a multidão afastou-se e o seguiu ao palácio.
— A causa de vossos tormentos já não existe. Nenhuma palavra mais.
Creonte, no início, não queria acreditar. "A Esfinge deixou de existir?" Impossível saber mais detalhes. Aquele homem era um enigma vivo.

***

A partir daquela manhã, Creonte vivia dominado por uma obscura certeza: entrara em ação uma máquina infernal. Tudo fugia a seu controle. Impaciente, o povo só pensava em coroar o herói. Por mais que Creonte lembrasse aos tebanos que primeiro era preciso encontrar os assassinos de Laio, que isso era fundamental do ponto de vista das leis da cidade, das leis da religião, da própria existência de Tebas...
Em vão.
Afastaram essas objeções, esqueceram as poucas informações concretas a respeito do crime; o povo de Tebas elaborou sua própria versão dos fatos.
— Laio foi morto pela Esfinge, é claro!
— Ora, Édipo matou a Esfinge!
— Logo, Édipo vingou Laio.
Era cômodo e definitivo.
Creonte estava arrasado. O despertar das consciências que ele esperava não se concretizou.
Édipo também lhe escapava. Como se urbanizou depressa aquela criatura vinda do inverno! Despertar a felicidade geral é fato que logo transforma qualquer um! Édipo trocou seu jeito tenebroso e esquivo por um comportamento amável, bem-humorado e culto. Tinha boa educação, o estrangeiro. Sob certo aspecto, Creonte

ficou satisfeito: o futuro rei de Tebas não seria um grosseirão! Mas, tão à vontade, criava um mal-estar. Porque, olhando de perto — coisa que ninguém, a não ser Creonte, fazia —, a personagem permanecia um completo mistério. Édipo nunca falava de si...

"Como um indivíduo de quem não se sabe nada, nem mesmo o modo como aniquilou a Esfinge, se prepara para subir ao trono de Tebas, e ninguém faz perguntas? Nem pedem a opinião de Tirésias? Que lástima!... Os homens só combatem a ignorância quando ela traz infelicidade. Mas quando os favorece, pouco se lembram da ciência dos adivinhos!"

Enfim, Creonte contava com a irmã para ajudá-lo a criar obstáculos à caminhada de Édipo ao trono. Mas também Jocasta lhe escapava. Desde a morte de Laio, Creonte costumava conversar com ela sobre os assuntos do reino ou sobre as preocupações familiares — a saúde do pai Menécio, por exemplo...

Jocasta estava diferente.

— Creonte — perguntou ela uma noite em que contemplavam a cidade —, você é um grande conhecedor de nossas leis e costumes, não é?

— De fato, o Conselho dos Anciãos reconhece em mim essa competência.

— Na sua opinião, por quanto tempo ainda devo ficar de luto?

— Tirar o luto? Nem pensar!

O olhar de Jocasta era vago.

— Faço outra pergunta ao jurista: legalmente pode-se ir contra a vontade do povo?

O sol se punha. O dia fora muito bonito. As portas estavam abertas para o terraço do aposento — o único de Tebas que era assobradado. A natureza dava sinais da chegada da primavera. A cidade cantava com a vida recomposta. Creonte, ao contemplar a beleza daquela mulher de 35 anos, compreendeu que há forças profundas às quais ninguém pode se opor.

***

Édipo já não se continha.
As casas mais ilustres queriam receber o herói à sua mesa, ouvi-lo e abraçá-lo. Hinos e poemas épicos cantavam sua façanha. Teciam-lhe uma lenda. A cada dia ele recebia mais elogios. Não resistia aos encantos da personagem gloriosa que os tebanos lhe forjaram.
Pouco era visto no palácio. Jocasta honrava com sua presença os banquetes oferecidos ao herói, mas deles não participava. Sob os véus do luto, observava disfarçadamente aquele que lhe era destinado. A força da juventude do rapaz a perturbava. Tentava dominar essa perturbação, mas não conseguia.
Sentia vergonha.
Esquecer tão depressa a memória do marido...
Esse novo casamento seria antinatural?
Que idade podia ter Édipo? No máximo 20 anos. De acordo com os usos e costumes, tal união era um verdadeiro escândalo. Com idade para ser avó, teria Jocasta o direito de voltar ao amor nos braços de um rapaz?
Mas o que estava imaginando? É claro que seria uma união de mera conveniência. A mulher de Laio não aceitaria compartilhar o leito da desonra.
Mulher de Laio!... Avó!... Você não o quer? E ele? Ele? Será que em plena juventude vai querer você?
Jocasta surpreendia-se por passar diante do espelho muito mais tempo do que pretendia.
Às vezes chegava a enrubescer.

Creonte, o Conselho dos Anciãos e os representantes do povo costumavam reunir-se para discutir a

sucessão de Laio. Jocasta nunca era consultada. Para ela, era quase um alívio. Não se achava apta a aceitar ou a recusar, sentindo um estranho prazer nessa omissão. Resolviam sem ela o futuro de seu corpo. Ela renunciou a tal responsabilidade. Já não se pertencia. Que se cumprisse a vontade de Tebas!
A vontade de Tebas...
Os Anciãos, a bem dizer, não protestavam. Resmungavam.
"A vontade de Tebas..."
Também eles não viam com bons olhos a ascensão desse Édipo, embora reconhecendo nele um estranho fascínio.

Os Anciãos se expressavam pela boca de Presbites, aquele cuja vista alcançava mais longe:
— As enfermidades da velhice representam também uma força — sorria Presbites. — Um privilégio. Quando a visão de perto se enfraquece, tornam-se mais nítidos para os olhos os espetáculos distantes.

E, para quem fingia não compreender, ele acrescentava:
— O mesmo acontece com o discernimento.

Presbites era portanto a sentinela das distâncias, e sua opinião iluminava a cidade.

Ele tentara impedir a ascensão de Édipo, lembrando o período de luto imposto a Jocasta. Mas sem grandes esperanças. Ele mesmo reconhecia:
— Nesse clima de satisfação, a lembrança do luto, mesmo recente, não vai conseguir segurar o povo e sua necessidade de ser feliz.

Teria sido melhor apontar abertamente a diferença de idade entre a rainha e aquele Édipo que o povo desejava ver juntos. Mas a cortesia do velho Presbites o impedia de trazer a público a idade de Jocasta ou mesmo de tocar no assunto.

"Seria mais eficaz", pensava ele, "usar argumentos de ordem política... Tebas não pode aceitar um rei vindo de fora."
O fato é que Édipo havia seduzido Presbites, assim como a rainha, assim como os Anciãos, assim como o povo.
"Meus olhos alcançam longe, é verdade, mas meu discernimento, embora pressinta, não consegue distinguir o que há de sombrio no brilho desse homem."
E os Anciãos também não ajudavam. Faziam cada vez menos objeções.
"Talvez seja uma vantagem o fato de esse homem chegar sem nenhum vínculo.
— Édipo é um homem novo, Presbites! Livre de qualquer relação com o passado ou com outras plagas.
— Com ele, Tebas vai renascer!"
Presbites escutava. Presbites pressentia a sombra ainda distante, mas, como todo o mundo, deixou-se seduzir pela luz.

***

E Tebas renasceu. Um por um, retomou os fios da trama interrompida com a morte de Laio: a tapeçaria da felicidade.
O primeiro foi a coroação de Édipo. As comemorações prolongaram-se para além das grandes festas dionisíacas da primavera.
O segundo foi a revelação das qualidades do novo rei. Apesar da pouca idade, Édipo era administrador experiente, rei sábio e esclarecido, que sabia se fazer amado.
A fecundidade do régio casal ainda reforçou a feitura desse belo tecido: Jocasta engravidou quatro vezes. O presente tecia o futuro.
Nenhum dos temores que precederam a união de Édipo e Jocasta se concretizou. Jocasta havia conquista-

do aquele jovem coração com a mesma sedução com que a noite se faz desejar pelo dia.

Vitória que encantou a muitos...

Durante as longas semanas que precederam o casamento, a imaginação de Édipo se inflamara com a presença enigmática daquela mulher, sempre oculta sob véus, que lhe destinavam. Os véus aumentaram seu gosto pelo enigma: foi o meio mais seguro de acender-lhe o desejo.

Quando chegou o momento, Édipo possuiu Jocasta sem tirar-lhe os véus.

Amaram-se com intensidade.

O amor se constrói sobre verdades veladas.

A própria vida procede do mesmo modo. Foi o segredo da prosperidade tebana durante quase dez anos, sob a direção desse rei amado dos deuses e dos homens.

CAPÍTULO 2

Dizem que a felicidade pode ser reconhecida pelo barulho que faz quando vai embora e bate as portas que deixa atrás de si.

De início, o barulho veio do céu. Terríveis tempestades de granizo destruíram a primeira colheita do ano. Prosseguiu pelos murmúrios provocados por uma seca inusitada e pelo denso silêncio da natureza ofendida. As fontes secavam, as plantações mirravam e, no alto do monte Citéron, os rebanhos gemiam. O burburinho cresceu quando, uma em seguida à outra, várias mulheres morreram de parto, depois de padecerem dores atrozes. O drama batia a cada porta. Logo se estabeleceram relações misteriosas entre vários abortos e gestações complicadas.

Ficou confirmado: a cidade fora atingida pela esterilidade. A palavra passava de boca em boca:

"Estéril!"

A desgraça sabe como alcançar seu objetivo... E a desgraça destila o sabor da desgraça.

Incansável, o boato acumulava más notícias. Houve uma epidemia. Era a gripe. Acharam que era a peste.

"A peste!"

Sempre atento ao bem-estar dos súditos, Édipo mantinha-se alerta. Sem exageros. Sabia que o povo gosta de dramatizar.

Mas quando surgiram as primeiras manifestações da febre mortífera, ele sentiu o bafo da tragédia, que se desprendia dos altares de Ártemis, de Apolo e de Atena. Percebeu que era incapaz de deter o que estava por vir. Uma circunstância inesperada, porém, ia permitir--lhe iniciar a luta.

***

A doença confundiu o antigo saber das mulheres, cuja habilidade tanto serve para agravar quanto para aliviar os males dos homens. Enganou a ciência milenar dos médicos; depois de tentarem, em vão, todos os bálsamos, poções, infusões e cataplasmas, mandaram buscar até em Creta o dictamno, cujas propriedades eram consideradas milagrosas.

De nada adiantou. A morte continuava mais esperta.

Então o rebanho voltou-se para o pastor. Desde sua chegada e a vitória enigmática sobre a Esfinge, todos, no íntimo, atribuíam a Édipo poderes sobrenaturais. Uma procissão de crianças lhe foi enviada. Vestidas de branco, empunhando um ramo de penitentes, subiram até a acrópole cantando uma lenta melopeia. Era o espetáculo da inocência ferida. Édipo recebeu-as diante da rotunda construída para o culto de Ártemis. Um menino entoou:

— Ó divino rei de Cadmo, teu povo implora que manifestes em seu favor os poderes que te fazem quase deus! Ó divino rei de Cadmo, sê mais uma vez seu salvador!

Édipo não demonstrou surpresa. Mas, depois que ordenou os sacrifícios rituais, convocou uma assembleia de representantes do povo e do Conselho dos Anciãos, exigindo que explicassem as razões de tal procissão, que considerava perigosamente cômica.

— Quem encomendou essa cerimônia? Quem pôs na boca das crianças essas súplicas ímpias? Que tenho

eu a ver com a epidemia? Quem procura atribuir-me o poder de dar fim a uma desgraça que atinge tanto a mim quanto a vocês?
Explicaram ao rei que, há muitos anos, ele era venerado como um deus, ou semideus. Desconfiava-se até que, na intimidade de muitos lares, por toda a cidade, havia um altar, para cultuá-lo às escondidas.
— Por que, também, manteve sempre tanto segredo acerca de sua pessoa?
Édipo ficou arrasado, ao compreender que uma parte de seu ser lhe escapara e levava existência autônoma na imaginação dos súditos. Ele detestava não dominar sua imagem pública. O processo de divinização de que era vítima parecia-lhe tolo e perigoso.
Bem depressa, porém, uma cólera de rei substituiu-lhe o desânimo, ao ouvir referências ao mistério que mantinha a respeito de si.
— Mas quem é que costuma esconder? — perguntou.
Houve um silêncio.
— Cheguei a uma cidade fantasma, desorientada, sitiada. Que falta de Tebas a Esfinge punia? Ninguém jamais respondeu com clareza a essa pergunta. E por que os tebanos se comportam hoje, diante das dificuldades, como se fossem malditos, como se assistissem a uma espécie de retorno cíclico da calamidade? Desconheço o passado de vocês, mas suspeito que ele seja meio turvo, inconfessável! Cuidado para que a tempestade que se prepara não traga à tona camadas de lodo pestilento!
E, por fim, esta tríplice pergunta que parecia resumir todas as outras:
— Como morreu meu antecessor? Que culpa expiou ele? E pela mão de quem?
Esse acesso de raiva teve em Édipo o efeito de uma revelação. Pediam-lhe para intervir entre Tebas e seu destino? Tudo bem! Ele interviria! Lembrou-se então de que,

na paciente sedimentação dos dias felizes, nunca se livrara de uma inquietação constante e subterrânea. Muitas coisas lhe haviam sido escondidas. Precisava explorar o passado de Tebas. E precisava que alguém o ajudasse.

Jocasta, sua mulher? A cúmplice amorosa e perfeita... Pensou nela inicialmente. Mas logo se lembrou de sua perturbação e de seu silêncio quando, no dia em que seu primeiro filho, Etéocles, nasceu, o rei fez um breve comentário sobre a longa esterilidade de sua união com Laio. Sem jeito, calada, aborrecida, a rainha se afastara. Não, seria indelicado forçar Jocasta a rememorar um passado com o qual ele, Édipo, nada tinha a ver.

Resolveu voltar-se para quem, por profissão, usa o tempo como matéria única, assim como os geômetras usam o espaço. Quem passa o tempo à escuta do tempo: os adivinhos.

Engana-se quem pensa que a arte deles consiste em sondar, com maior ou menor acerto, o futuro. Se pretendem desvendar o porvir, é porque possuem do passado um conhecimento mais profundo que o comum dos mortais. Só vislumbra bem o futuro aquele que tem uma visão completa do que já se foi.

Édipo nunca se encontrara com Tirésias, embora este fosse um de seus mais ilustres súditos. Jocasta não gostava daquele velho visionário. Aliás, ela não confiava em adivinhos:

— Esses profetas... Tenho motivos para detestá-los!
Édipo dirigiu-se a Creonte.
— Prezo seus conselhos, Creonte. O momento é decisivo. Quero consultar os deuses e provocar um choque na mente dos tebanos. Sua irmã não aprecia muito Tirésias...
Creonte refletiu por uns instantes.
— Se o rei se contentar com um adivinho daqui da cidade — respondeu enfim —, a medida não terá repercussão. Vale a pena ir até Delfos.

— O oráculo de Delfos? Está certo! Vá lá como meu embaixador.

A decisão estava tomada.

— Talvez seja conveniente só revelar o objetivo da viagem quando eu estiver de volta — sugeriu Creonte, com medo de irritar a irmã.

Édipo enfureceu-se de novo:

— Dissimular! Sempre e sempre dissimular! Que povo de conspiradores são vocês! Mas o que tanto têm a esconder, a ponto de temer a palavra da Pítia?

Creonte olhou ao longe, na direção de Delfos.

— Deve ser porque não sabemos, que temos medo dela.

— Quanto a mim, nada tenho a esconder e não temo o oráculo. Que se faça a luz!

Os olhos de Creonte pousaram no rei. Depois de hesitar, disse:

— Só quando não se tem ideia do que ela pode nos revelar é que não se teme a Pítia...

Édipo reagiu:

— Você está perdendo a cabeça, Creonte!

— Não, Majestade, não... só estou pensando. Imagino em que situação difícil ficaria o rei se, por qualquer indício, a Pítia o acusasse...

***

Creonte partiu antes do amanhecer. Apenas 100 quilômetros separam Tebas de Delfos, mas o caminho é acidentado através do maciço do Hélicon.

Passou-se uma semana. Édipo estava impaciente. Refazia mais uma vez as contas: três ou quatro dias para o trajeto, dois ou três, dependendo da quantidade de pessoas à espera, para consultar o oráculo — e Creonte já deveria ter voltado. Os lamentos do povo tornavam-

-se cada vez mais audíveis e aumentavam o nervosismo do monarca. Além disso... Édipo não podia negar: as insinuações maldosas de Creonte produziram efeito na mente do rei. Reavivavam episódios de seu passado, que ele costumava considerar intacável.

Quando, na sétima noite, Creonte pediu que o anunciassem, Édipo estava acordado. Sozinho, sentado no salão de honra, perto da lareira que ficava bem no centro, admirava o lento espetáculo do fogo que adormece. Após a extinção dos últimos fulgores, a penumbra se espalhava, como que propagada pelo acúmulo das cinzas. Só um pouco de claridade, por ondas incertas, vinha do céu. E Édipo se indagava se ainda existia ali, sob aqueles restos carbonizados, o pequeno átomo de incandescência do qual podia renascer fagulha, chama, labareda, incêndios...

 Creonte apareceu à luz das tochas.
 Na testa, as folhas de louro anunciavam notícias apaziguadoras.
 E eram.
 Segundo a Pítia, o sangue de um antigo crime impune continuava a atormentar a cidade. Era preciso descobrir o autor daquela morte, que ainda vivia no país. "Só se captura aquilo que se procura, e só se procura aquilo que já se encontrou."
 Ao menos uma vez, o oráculo proferido nada tinha de obscuro. Não era preciso ter a ciência de Tirésias para entender que o sangue de Laio ainda clamava por vingança. Creonte parecia mais do que aliviado. Depois de tantos anos, os acontecimentos enfim lhe davam razão! Seu bom humor deixou o rei intrigado, mas nem por isso Édipo manifestou sua estranheza. No fundo, ele também estava aliviado. De certa maneira.
 Arautos percorreram a cidade ao som do tambor. Ao meio-dia, muita gente se acotovelava à entrada do

palácio. Depois de 7 mil, o porteiro Piloro, fanático por matemática, deixou de contar as pessoas: sua reserva de pedrinhas tinha acabado. Cheios de esperança, os tebanos aguardavam a aparição do rei tão querido. Este não perdera tempo. Durante a manhã, reunira os conselheiros mais próximos: Udeos, Hiperenor, Pelórion, todos eles seus companheiros de caçadas. Recebera o sábio Presbites e, afinal, revelara à rainha a missão executada por Creonte. Todos aprovaram a iniciativa.

E foi o começo do inquérito.

Édipo reuniu os primeiros indícios. Fora na estrada de Delfos que Laio encontrara a morte. Estava acompanhado por uma escolta formada de seu fiel amigo Náubolo, do arauto Polifonte, de um cocheiro e de um velho criado que nunca o deixava — e que era o único sobrevivente. Segundo o depoimento desse homem, o grupo havia caído numa emboscada cuidadosamente preparada. Tudo indicava que fora a mando de alguém, e que se tratava de uma conspiração armada na própria Tebas. Tebas enviara os matadores para tocaiar Laio na estrada!

A investigação prometia ser difícil. O tempo decorrido desde o assassinato tinha acumulado obstáculos quase intransponíveis. Ia ser um verdadeiro trabalho de arqueólogo. Édipo amaldiçoava a incrível negligência dos tebanos, que procuravam se desculpar com os mesmos motivos que haviam usado, outrora, diante de Tirésias: a Esfinge, a chegada de Édipo...

— Mas é o cúmulo! O rei foi morto! Como não empregaram todos os meios para descobrir? Só se não gostavam dele!

Será que...

Édipo calou-se. O clarão da evidência. Percebeu num instante: uma personagem influente havia decretado a morte de Laio; e essa mesma pessoa arranjara as coisas para que o inquérito abortasse.

Édipo sentia a urgência de não deixar solto o assassino do rei: tratava-se de sua segurança pessoal. As portas do palácio abriram-se com todo o peso da solenidade. Soaram as tubas. Édipo avançou sob o pórtico monumental, em vestes de gala. Vinha acompanhado por Jocasta, que usava o suntuoso vestido de festa, tecido outrora pelas Cárites para as núpcias de Harmonia e Cadmo. No pescoço da rainha brilhava o colar de ouro que Europa oferecera ao irmão Cadmo e que, no dizer de todos, fora forjado pelo próprio Hefesto.

O rei falou:

— Na calamidade que atinge nossa cidade, vós vos dirigistes àquele que empunha este cetro apenas por vosso desígnio. Acreditastes que ele possui poderes sobrenaturais: engano. Engano que me agrada, porque nascido de vosso coração. O rei de Tebas não passa de um mortal tão desarmado quanto vós diante do infortúnio. Mas lhe conferistes poderes que vai empregar para o alívio de vosso sofrimento. Enviei Creonte a Delfos. Ele voltou esta noite, numa única estirada. Apolo ordena que Tebas lave a mancha do assassinato de Laio, cujo matador ainda está entre nós. A partir deste momento, a busca do assassino será implacável.

Então o rei decretou:

— Se o próprio assassino se entregar, não sofrerá nenhuma pena: será condenado somente a deixar o país. Se um dos cúmplices o denunciar, ficará impune. Se qualquer cidadão, de qualquer condição, até um estrangeiro, der depoimento que permita identificar o culpado, receberá valiosa recompensa. Mas quem continuar a esconder e a proteger o culpado, quem lhe dirigir a palavra ou o admitir em preces e sacrifícios, será banido. Saibam todos que ninguém está isento dessas disposições, nem mesmo o rei, que se encontra sujeito às mesmas penas se, por desgraça, receber em sua morada o criminoso. O bandido nunca mais terá sossego! Será perseguido severamente por uma justiça implacável! Que seja do conhecimento de todos!

***

Desde então, ninguém se sentiu seguro. A maledicência logo tomou o lugar do derrotismo, e os boatos se multiplicaram. Como se Édipo tivesse soltado um exército de minúsculos roedores, famintos, sobre o corpo mutilado da cidade. Os tebanos haviam confundido um surto de gripe com a peste; não imaginavam que ratos de outro tipo fossem invadir a cidade: os espiões, os patifes, os detratores, os delatores, os traidores, os difamadores e os caluniadores.

O impacto previsto por Édipo acontecera, mas as consequências o sufocavam.

O inquérito não avançava, prejudicado pelos numerosos depoimentos que era impossível confirmar. Uma simples alusão contra os Labdácidas, mesmo antiga, bastava para levantar suspeitas e provocar denúncias. Os sicofantas estavam de volta.

Édipo teve de aceitar a realidade: o corpo social estava minado. Era preciso agir, e rápido! Diante dessa confusão das mentes, começou a pensar que a solução talvez estivesse antes da morte de Laio propriamente dita: não seria bom vasculhar as profundezas do passado de Tebas?

Foi o próprio Creonte quem sugeriu ao rei que pedisse a opinião de Tirésias, a fim de esclarecer certos elementos do oráculo, aos quais tinham dado pouca atenção. Creonte sentia pelo cego lúcido tanta veneração quanto sua irmã sentia desconfiança.

— Em segredo — recomendou ele.

— Em segredo! — esbravejou Édipo. — Sempre em segredo! Pois bem, assim seja! Irei por conta própria, na qualidade de estrangeiro.

CAPÍTULO 3

Os olhos de Édipo foram aos poucos se acostumando à escuridão da saleta. A única abertura era uma porta muito baixa, meio obstruída pela hera, que levava a um jardim de férulas amarelas. Pouco a pouco seus ouvidos dominaram o silêncio. Uma voz grave cochichou:
— Eu esperava por você.

Édipo sorriu. Se Tirésias pensava impressioná-lo com essa recepção, estava enganado. É verdade que Édipo não tinha dito seu nome ao chegar à famosa choça na vizinhança da porta Krenaîai, a porta da Fonte; mas que dificuldade podia ter um Tirésias para identificar a chegada de um membro da realeza?

— Por que demorou tanto a vir? — perguntou a mesma voz.

— Dez anos de reinado são a prova de que é possível governar sem a ajuda de sua arte — respondeu Édipo, agachando-se perto do lugar de onde vinha a voz.

— É possível, sim, em qualquer lugar que não seja Tebas — respondeu Tirésias.

Édipo procurava enxergar o homem.

— Por que afirma que sua arte é mais útil aqui do que em outros lugares?

A resposta não demorou:

— Porque Tebas é o reino dos cegos.

— Quer dizer que o assassino que procuramos está bem diante do nosso nariz?
— Só o esquecimento impede que se veja com clareza.
— Com certeza o tempo transcorrido desde o crime atrapalha a descoberta da verdade.
— O tempo é mestre da verdade. Graças a ele, descobre-se tudo.
— Chamam a você de mestre da verdade, venerável Tirésias. Está disposto a ajudar o tempo?

As sentenças do cego pareciam flutuar no intemporal. Édipo tentava trazê-las para o presente.

Tirésias não respondeu à última pergunta. Um cheiro picante de resina queimada enchia o cômodo. Édipo não sabia se era esteva ou benjoeiro. Um roçar de asas o fez estremecer. Lembrou-se de que Tirésias era amigo dos pássaros. Ao fim de um momento, percebeu que o velho se erguia, e ouviu o bater incerto de seu cajado de corniso.

— Gostaria de saber sua opinião sobre o meu vinho de Taso.

Édipo ouviu um recipiente mergulhar numa espécie de cratera.

— Eu mesmo o aromatizo com essência de rosa, de violeta ou de murta. Este é de murta. Como conservante, uso casca de pinheiro macerada, mas o aroma das flores disfarça o amargor da resina.

— Acabo de aprender com você o amargor das resinas, Tirésias.

— No caso, seria o vinho de Tiro o mais conveniente. Porque os filhos de Cadmo vêm das longínquas bandas do monte Líbano. Mas veja como é da índole desse povo ter pouca memória! Depois do rapto da filha Europa, Agenor, que reinava em Tiro, enviou os filhos Cadmo, Fênix e Cílice à procura dela. Depois de algumas tribulações infrutíferas, o que pensa você que fizeram esses jovens, embora ado-

rassem a irmã? Pura e simplesmente esqueceram o objetivo de sua missão. Esqueceram-na! E também esqueceram seus homens por onde passaram: em Tera, na Cilícia, em Samotrácia, em Rodes, na Fenícia, na Trácia! Povo dispersivo, povo nômade, povo errante... O próprio Cadmo, que fundou Tebas ao regressar da consulta ao oráculo de Delfos...
— Foi na viagem até lá que Laio foi morto...
— ... o próprio Cadmo, depois de um reinado próspero, abdica certo dia em favor do neto Penteu, sem dar explicações — a não ser a atração pela viagem e pelo esquecimento. Encontram-se vestígios dele, após alguns anos, em companhia da mulher Harmonia, lá pelos lados da Ilíria!
O vinho tornava Tirésias volúvel.
— Não é uma delícia, esta bebida?
— Se quiser, o emprego de escanção é seu.
Tirésias deu uma risadinha.
— Jocasta não ia gostar.
— De onde vem essa inimizade entre vocês?
— As mulheres não gostam de mim. Nunca me perdoaram.
— Há quem diga que foi por culpa delas que você perdeu a vista. Porque um dia surpreendeu a deusa Atena banhando-se nua numa fonte em companhia de sua mãe.
— É o que contam! Inventam muito a meu respeito... É um modo pitoresco de mostrar o quanto partilhei a intimidade das mulheres... Os meus excessos da juventude são um prato feito para quem inventa histórias. E circulam ainda outras versões mais completas! São incansáveis, os nossos compatriotas!
Édipo pensava: "E você também, não é à toa que é grego!"
— Na opinião de alguns — prosseguiu Tirésias —, fui transformado em mulher durante sete anos por ter atrapalhado duas cobras que se acasalavam, no monte Hélicon. Dizem que, como o incidente me forneceu um

conhecimento excepcional dos dois lados da questão, Zeus e Hera teriam vindo, certa vez, pedir-me que julgasse uma questão. Tratava-se de decidir qual dos sexos sente mais prazer no amor! O que você responderia?
— A mulher, acho eu.
— É claro, como todo o mundo! Inclusive Zeus! Em virtude do prazer que se tem ao supor que o outro sente mais prazer. E porque é bem melhor imaginar que se é desejado do que desejar. E que o melhor do amor não está em amar, mas em ser amado.
— Dá para imaginar a fúria de Hera!
— Ficou fora de si, a ciumenta! Devo confessar que forcei um pouco... Dizem que eu teria respondido: se a volúpia do amor se compõe de dez partes, a mulher percorre nove enquanto o homem só experimenta uma... E, a bem da verdade, concordo comigo. Nesse ponto, concordo com as invenções de meus intérpretes. É uma sorte ser castigado por uma causa que nos parece importante! Afinal, acabei perdendo meus olhos por isso...
A fronteira entre a fábula e a realidade tendia a se embaralhar. Édipo sentia a cabeça meio zonza. O efeito do vinho misturado aos aromas e à penumbra...
— Hera entrou num dos mais terríveis acessos de raiva de sua tempestuosa carreira. Suspeita, essa raiva... Muito suspeita... Ao se trair, Hera traiu todo o sexo feminino. Como se o exagero de minha resposta tivesse estilhaçado um segredo imemorial! Como se eu houvesse atentado contra uma ordem sagrada ao ousar propor que, entre o prazer da mulher e o do homem, a desproporção impede qualquer comparação. Como se fosse proibido à linguagem dos homens visitar os prazeres da mulher. Como se toda a espécie fêmea tivesse sido revelada em sua mais secreta intimidade...
— Tornado cego por ter revelado a verdade! É um pagamento injusto, Tirésias.

— Ah! Mas não desanimei.
Édipo ouviu o velho homem beber, enxugar a boca e prosseguir com palavras certas:
— Sabe, Édipo, sou da raça dos pacientes. Sou daqueles que resistem. Fiquei à espera da hora. E a oportunidade apareceu, no reinado do neto de Cadmo. Os tebanos são crédulos por natureza. Naquela época, estavam fascinados pelos cultos orientais, adotavam as crenças e superstições mais esotéricas, contanto que viessem da Ásia. Era uma moda como outra qualquer.
— Pois já não tentaram fazer de mim um deus?
— Como são ingênuos!
— A credulidade é o seu capital de giro, Tirésias...
Uma leve embriaguez reforçava o tom das afirmações. Sem o feliz humor do vinho, elas poderiam parecer venenosas. Tirésias tornou a encher as taças.
— O rei Penteu perseguia essas heresias. Entre os novos deuses, percebi a antiga figura de Dioniso, que voltava após longa viagem pelo Oriente. Sugeri a Penteu que oficializasse seu culto. Aí, tudo virou pretexto para bacanais. Você sabe os excessos que esse rito provoca uma vez por ano. Quando essa celebração ainda não estava sujeita a nenhum controle, percebeu-se do que era capaz o sexo feminino! Ao cair da noite, as mulheres iam para os bosques das redondezas cumprir suas devoções... Assustados, os homens de Tebas descobriram, em suas adoráveis companheiras, o que Hera tentara reprimir em vão: a violência dos desejos, a brutal sensualidade, a selvagem lubricidade! Desde essa época, não parei de cultuar Dioniso. Bebamos à sua glória!
Dois homens opostos em tudo encontravam-se no espírito do vinho e na celebração de sua divindade. Dois reis dialogavam sem se ver: um reinava no mundo das aparências, o outro, no do invisível. Dois videntes

cruzavam-se com dois cegos. Um tinha tudo sem nada saber, o outro sabia tudo sem nada ter.
O jogo não era, porém, em pé de igualdade: a escuridão perturbava Édipo. Estava cansado de tentar enxergar o rosto do interlocutor. A diluição das formas e do espaço o angustiava. Não conseguia distinguir a própria aparência, o que ainda lhe aumentava a angústia. Ele se ouvia falar. Suas palavras pareciam destacar-se dele, repletas de uma consistência desconhecida. Ele era apenas sua voz.
Édipo entendeu então que o homem não é feito para a abstração.
Uma ideia passou-lhe pela cabeça. Quando interrogavam um malfeitor, os arcontes tentavam, com a ajuda de espelhos, desestabilizá-lo com os jogos de luz. Ao regressar, Édipo ia sugerir que usassem de preferência a escuridão total.
Além disso, as histórias maravilhosas do velho deixavam-no perturbado.
Tentou reagir.
— Talvez você fale com acerto porque consegue escapar ao poder das mulheres, Tirésias. Está mais bem situado do que nós para penetrar-lhes a verdade: pela beleza, elas subjugam quem pode enxergar. Mas não acho que você tenha inteiramente razão... quando se tem a sorte de ser o marido de Jocasta...
— Não confie nisso, Édipo! É a pior.
— Acho que você bebeu demais.
— Lembre-se: quem imaginaria que Hera, a mais casta entre as mais castas...
— Deixe de rancor, Tirésias. Não vou admitir que calunie Jocasta: ela é minha vida!
— Sua vida! E o que mais? A rainha de seus dias? Cuidado com as palavras.
— Use para si esse conselho, velho beberrão vingativo! Seu ódio por ela me faz pensar, de repente...

Édipo projetara o rosto para a frente. Os dois homens trocavam agora palavras num mesmo bafo.

— Jocasta deve saber muita coisa sobre você. Só que ela é a própria bondade. Por respeito a sua idade, sua doença e seu prestígio, ela não diz nada. Mas de você conseguirei arrancar a verdade!

— Já falei demais. Você tem ouvidos para ouvir e olhos para ver.

— Pare de me falar como se eu fosse criança!

— Você é uma criança que ainda não saiu do colo da mãe.

— Se não fosse a sua idade, eu o faria calar!

— Falar ou calar?... Decida afinal o que quer.

Tirésias estendeu o braço no escuro.

— Mais uma taça? Ainda não provamos o de rosa.

— Não, obrigado. Talvez tenha sido destilado com os espinhos.

Édipo era invadido pela escuridão. De repente pôs-se de pé. Não ia permitir que o adivinho cavasse um abismo sob o seu ser. Não beberia nem mais uma gota. Não escutaria nem mais uma palavra. Ia-se embora. Mas, antes, diria o que tinha a dizer.

— Agora entendo por que todos os homens lhe parecem esquecidos. Você não esquece nada. Vive fechado no ressentimento. Retira a sua ciência do lodo malcheiroso de um passado decomposto! Em grandes doses! Esta escuridão é um foco de infecção. Você corrompe tudo. Vejo pelo seu vinho, Tirésias! Se você se recusa a falar, é por motivo de força maior! Porque participou de uma trama infame! A morte de Laio foi decidida aqui! E, se você não fosse cego, eu o acusaria de ter assassinado Laio com as próprias mãos!

— E eu vejo que você não enxerga nas trevas, Édipo! Elas são propícias a todo tipo de engano... Pensa-se estar agarrando um, quando de fato se agarra o outro. E, quando se crê agarrar o outro, é a si mesmo que se prende.

— O que você ainda está dizendo, sua coruja sinistra?
— Estou dizendo que nunca mais lhe dirigirei a palavra.
— No lugar para onde vou mandá-lo, quando desmascarar seus cúmplices, não vai ser possível mesmo!
— Um decreto do rei não proíbe que se dirija a palavra ao assassino de Laio?
— Você está encharcado de vinho, velho! Já está delirando.
— Sim, não vou negar. Eu precisava da ajuda de Dioniso para ter a força de descer em sua companhia às profundezas malditas do meu saber. E para lhe revelar que o homem que você procura e tanto ameaça encontra-se aqui presente; que esse homem não sabe quem é, de onde vem, onde mora; que pensaram ser ele estrangeiro, mas se revelará tebano de nascimento; que está marcado pela dupla maldição de pai e mãe; que todos os insultos que hoje lança logo se voltarão contra ele com muito maior violência; que o Citéron não terá vales suficientes para ecoar suas horríveis queixas quando descobrir, mutilado, desfigurado, cego pelo horror da verdade, que ele se uniu monstruosamente aos parentes que monstruosamente não assassinou...
— Pronto! É um ataque de exaltação apocalíptica! Você está certo num ponto, velho: Dioniso tomou conta de você. Mas a embriaguez não o defenderá de minha justiça!

***

Fora, enxergava-se tão pouco quanto lá dentro. Ao menos dava para respirar! "... irmão dos próprios filhos... amante da mãe... assassino de... filho de sua própria..." Édipo deixara de ouvir, mas as palavras ainda ressoavam em sua cabeça. Subiam em torno dele com os eflúvios do vinho. Ar fresco, enfim!
Oh! Aquele vinho...

Cão! Víbora!... Tagarela incorrigível!... Ar! Muito ar! Como era abafado aquele casebre!... Quanta insolência! E não para de falar! Acusar o próprio rei!... Matar o rei e acusar o rei!... Oh! Aquele vinho... Parece um sonho... Até onde ele pode ir?... Eu devia ter respondido que... É um louco!... Doido varrido!... Como estas ruas estão sujas!... Pestilência!... Deve ser um pesadelo, vou acordar logo!... É, eu devia ter respondido que... Ih!... por onde é o caminho? Empreste-me seu cajado, Tirésias!... De Taso, você disse que era o vinho? Com tanta imundície no chão, vou acabar escorregando... O próprio Zeus vem consultá-lo?... Mania de grandeza!... Mente monstruosa!... Lata de lixo mitológica!... Opa!... Como escorrega este chão!... O rei na sarjeta... Para onde vou agora?... Entendi tudo, Tirésias! Quer saber?... Nunca pensei que fossem necessárias tantas portas para fazer uma cidade!... E todas fechadas... O que estarão tramando lá dentro?... Espere! Se entendi bem, estou à procura de mim mesmo? Édipo investiga sobre Édipo?... Que achado!... Pode dormir, minha boa gente! O seu rei investiga!... O rei bebe! O rei vê!... Ora, mas esse é o templo de Atena?... A caríssima estava nua... É preciso impedir que ataquem! A morte de Laio, é claro, foi obra dele!... Dele e de seus cúmplices!... Se eu continuar zanzando por aqui, eles vão acrescentar também a morte de Édipo... Por que não o matei?... Não, Tirésias, Édipo não mata... Édipo busca a verdade. Édipo faz justiça.

CAPÍTULO 4

Os filhos do rei brincavam à sombra dos plátanos que ladeavam o rio Ismeno.
— Pare! Você está machucando ele, seu bruto! — gritou Antígona.
Etéocles, o filho mais velho, havia imprensado Polinices no chão e dava-lhe socos. Polinices gemia. Etéocles ergueu a cabeça, mas sem largar a presa:
— Não está vendo que é de brincadeira?
Antígona o repreendeu:
— Você não sabe brincar, Etéocles. Nunca soube. Solte-o!
— Venha soltá-lo!
Ela atirou-se em cima dele, seguida de Hêmon, o filho de Creonte.
— Você, filho de traidor, não me toque!
Etéocles deu um pulo, empurrou Hêmon e correu para longe. De lá, com as mãos em concha, gritou:
— Não brinco mais! Azar de vocês, ficam sem a Esfinge!
Assim acabava a brincadeira entre os filhos de Édipo e os de Creonte, quando Etéocles tomava parte. Principalmente naquele, no jogo da Esfinge.
O primogênito de Creonte, o ajuizado Megareu, acalmava as rixas.

— Pronto, Tebas já está livre da Esfinge, não está?
Hêmon deu pulos de alegria:
— Então, posso me casar com Antígona?
— Calma, Hêmon! Você só pensa nisso! Mas o que vamos fazer com Polinices?

***

Há dois dias que Creonte encontrava obstinadamente fechada a porta dos aposentos do rei. Não tivera nenhuma notícia do encontro entre Édipo e Tirésias. O silêncio avivava sua ansiedade natural. Do que poderiam ter falado? Ele tinha tanto medo do rei quanto do vidente.

Para acalmar o nervosismo, passava o tempo no ginásio, onde os efebos se admiraram de seu entusiasmo pelo pugilato e pelo pancrácio. Foi o que bastou para despertar o boato: preparava-se uma expedição militar... os bárbaros iam invadir o país...

Antes de cada exercício, Creonte friccionava o corpo com óleo de oliva, minuciosamente. Como se tentasse tornar-se intocável em uma luta que temia.

Na aparência, as relações entre os cunhados eram cordiais. Creonte era grato a Édipo por ter ressuscitado Jocasta. O rei havia reacendido na irmã querida o amor à vida, que ela perdera bem antes da viuvez. Por seu lado, Édipo apreciava a discrição e a competência de Creonte, duas qualidades que o tornavam um de seus mais seguros conselheiros.

Havia, porém, uma boa diferença entre essa mútua estima e a verdadeira cumplicidade. Creonte não desistia de seu intento maior. Comprazia-se em lembrar os momentos de empolgação, quando outrora se via como salvador de Tebas.

Mas a catástrofe prevista não acontecera. Creonte guardou uma frustração inconfessável, que o impedia

de participar totalmente da alegria geral. Não conseguia livrar-se de uma sensação de fragilidade...
Ao terceiro dia, enfim, Édipo o recebeu.

Embora estivesse nos aposentos do rei, Creonte foi tratado com a mesma distância protocolar de uma audiência oficial no salão de honra.

— Dizem que você está fazendo um preparo físico intensivo. É como se adivinhasse minhas intenções, Creonte. Mais uma prova de sua dedicação. De fato, vai precisar de toda a força.

O rei calou-se.

Creonte logo pensou: "Está atiçando minha curiosidade, de propósito".

— Você bem sabe as dificuldades de nossa indústria por causa da incerteza no abastecimento de estanho. A manufatura de bronze está parada há meses. Já não se pode contar com o estanho do Ponto Euxino. Precisamos de novas vias, Creonte.

"Estanho?", pensou Creonte.

— Garantem-me que, no litoral da Ligúria e da Ibéria, alguns entrepostos fenícios estão abarrotados de estanho, proveniente de não sei que terras-do norte. Precisamos disso.

"Estanho..." Creonte estava abismado.

O olhar do rei era, no entanto, direto. E seu falar, franco.

— Ponho uma expedição sob seu comando. Parta amanhã para Áulide, a fim de preparar o embarque.

O rei sorriu.

— Tebas deve-lhe muito, Creonte. Não duvido de sua capacidade de encontrar para ela todo o estanho do mundo. O caminho será longo, e perigoso.

Creonte lhe devolveu uma espécie de sorriso.

— Confesso que nunca esperei merecer tal honra.

— Só posso confiar esta missão a um servidor acima de qualquer suspeita.

— Devo agradecer a Vossa Majestade por me afastar de Tebas no momento em que a morte ronda a cidade?
— De fato, minha decisão foi ditada pela estima.
"Coragem", pensou Creonte, "vamos chegar à verdade, já que ele está me tentando."
— E essa estima atende pelo nome de Tirésias?
— Será que você é adivinho? Descobre tudo...
— Bem que minha irmã me disse para ficar de sobreaviso!
— Jocasta estava errada. Tirésias é um excelente contador de histórias. Só isso.
Creonte deixou explodir sua raiva:
— Que invenções malditas...?
Édipo ergueu a mão, como num juramento.
— Nada! Nada além de histórias edificantes, garanto! Ele me contou, por exemplo, que, quando Cadmo aqui chegou para fundar Tebas, teve de combater e matar um terrível dragão que montava guarda diante da fonte Dirce. Atena o aconselhou a espalhar pela terra da futura cidade os dentes do dragão morto. Logo nasceram centenas de homens já armados, homens terríveis, que o ameaçaram. Foram esses os primeiros frutos de sua terra, Creonte! É, foram esses os primeiros tebanos, seus antepassados, apesar dos pesares.
— E que verdade pode se tirar dessas infantilidades?
— Para se salvar — continuou o rei como se nada tivesse ouvido —, Cadmo atirou pedras sobre esses guerreiros. Não percebendo de onde elas vinham, os gentis senhores acusaram-se e mataram-se uns aos outros. Horrível carnificina! Ferocidade alucinante! Apenas cinco sobreviveram. Os mais fortes. Ah! Seus antepassados não são gente mole!
— Não entendo aonde essa história nos leva.
— E tem mais... O dragão que Cadmo matou, sabe quem o pôs lá?

Creonte hesitou por um instante.
— Ares?
— Isso mesmo, Ares! O deus da guerra! E, para pagar a morte do dragão, a que foi condenado Cadmo?
— A servir durante oito anos como escravo, se não me trai a memória.
— Como escravo, Creonte, foi isso. O primeiro rei de Tebas, servo do deus da guerra! E os tebanos obrigados a prestar um culto especial a esse mesmo deus, não longe da antiga fonte... Esclarecedoras, essas amáveis lembranças, não acha?
— Nossa mitologia pode ser interpretada de mil maneiras. Esse seu jogo é indigno, e você sabe disso.

Creonte tentava manter-se firme. Mas via as nuvens se amontoarem e temia o instante em que iriam arrebentar.

A voz de Édipo tornou-se sonhadora:
— As mentes fortes dizem o mesmo dos oráculos, Creonte, cuidado!...

Depois, o rei meneou a cabeça.
— O fato é que eu preferiria reinar sobre um povo cujos ancestrais fossem tranquilos boiadeiros e simpáticas pastoras... Ora! Preciso ser ainda mais claro? Tenho a impressão, a nítida impressão, de ter sido enganado por muito tempo. Pensei estar governando um povo amante da paz: descubro que ele vive de lendas guerreiras e sonha com antepassados sanguinários! Pensei estar trabalhando para sua felicidade ao incentivar a concórdia e ao fundar o civismo na bondade: descubro uma história enraizada na guerra civil, e a lembrança cultuada de uma nação surgida com armas em punho, para logo voltá-las contra si própria! Isso é a base. E o que existe no topo? A adoração prestada à divindade da guerra! Sou vítima de um equívoco vertiginoso... metafísico.

Durante um tempo, Édipo e Creonte permaneceram no mesmo silêncio. "Qual a relação com o assassinato de Laio?", pensava Creonte.

— Está calado? Na certa, sua vontade é perguntar-me: e o que a morte de Laio tem a ver com essas lendas? Já lhe digo, Creonte! O assassinato de Laio, estou convencido, não foi por acaso. É um destino. O povo que venera Ares é um povo potencialmente assassino de seu rei. A morte de Laio é a conclusão matemática de todas essas premissas. Sempre achei que a matemática era o nervo da guerra. A descoberta do assassino é pura questão de lógica. Mais do que homens, há por trás desse crime uma maquinação. Infernal ou não. Mas maquinação, Creonte.

— Eu não conhecia esse seu gosto pela matemática.

Édipo suspirou.

— É mesmo incrível como os tebanos não me conhecem!

— A recíproca é verdadeira. Foi Tirésias quem lhe ensinou essa matéria?

— Tirésias é tão pouco dado à lógica quanto os tebanos são dados à paz. Não, sou autodidata.

Um arauto veio anunciar que Presbites solicitava audiência. Édipo achou que essa testemunha podia ser útil.

— A presença de Presbites o aborrece?

— Pelo contrário! O homem que vê ao longe talvez possa consertar os estragos daquele que não enxerga...

— Que ele entre!...

Antes da chegada de Presbites, o rei ainda acrescentou:

— Talvez, meu caro Creonte, neste caso não haja necessidade de ver ao longe. Uma boa olhada de perto já é suficiente.

E Presbites entrou. O rei o recebeu muito bem.

— Meu caro! Quais são as novas de hoje?

— Infelizmente, Majestade, as mesmas de sempre: os arcontes estão atolados de trabalho, chega denúncia em cima de denúncia...

O rei deu o sorriso triste de quem lamenta ter razão.

— Observe, Creonte, o lado pacífico desse povo... Não se preocupe, Presbites, eu já esperava por essas palavras. Por isso, resolvi tentar, do meu lado, um outro método: a reflexão pessoal guiada pelo rigor matemático. Era disso que eu falava com Creonte. A rapidez de minhas descobertas vai surpreendê-lo.

Então o rei se transformou em paciente pedagogo.

— Inicio meu inquérito com o recurso ao teorema do peixe solúvel: todo indivíduo que participa de um assassinato recebe de cima para baixo uma pressão que lhe faz diluir o peixe. Minha experiência: o inquérito aberto após a morte de Laio foi sustado. Bem antes de minha chegada a Tebas, ele já havia sumido da ordem do dia. Alguém estava interessado nessa sabotagem. Alguém detentor de poder. Alguém bastante hábil para desviar a atenção dos tebanos por meio de fábulas a respeito de um monstro assustador que devastava a região...

— Mas, Majestade — interrompeu Presbites —, a Esfinge não era uma fábula! O rei, mais do que ninguém, é testemunha disso, foi o único que a viu!

— É, eu vi... a Esfinge que o regente descrevia como temível, não é, Creonte?

Creonte se empertigou.

— Eu repetia o que contavam e Tirésias confirmava.

— Tirésias! — murmurou o rei. — O aliado por excelência... é claro!

A seguir, a pergunta inesperada:

— Por que me dissuadia de enfrentar a Esfinge, Creonte?

Creonte surpreendeu-se:

— Eu fui contra isso?

— Por meias palavras, Creonte. Por quê?
— Majestade... a sua aparência era... tão fraca... dava pena ver.
— Ninguém acreditava que tivesse a mínima chance! — confirmou Presbites.
— Tinha pena de mandá-lo para o massacre — reforçou Creonte.
O rei esboçou uma espécie de agradecimento.
— Que nobres sentimentos...
E continuou com suas perguntas surpreendentes:
— Mais uma coisa, Creonte. Se não me falha a memória, parece que "ao me mandar para o massacre", como você diz, esqueceu-se de me contar que o trono de Tebas seria a recompensa de minha vitória?
— Nem tive tempo de lhe dizer, Majestade.
— Ah! Então foi isso!
— Sua decisão foi tão súbita!
— Mas não tenho o temperamento dos heróis...
— Oh! Majestade! — exclamou Presbites.
— As apavorantes descrições que o regente me fazia da Esfinge não me convenceram...
Calou-se, como se estivesse pensando.
— Boa intuição — murmurou. — Aliás, minha intuição nunca me enganou...
— O que quer dizer com isso?
A pergunta veio de Creonte e de Presbites ao mesmo tempo.
— Quero dizer que, se todos os monstros que povoam o reino subterrâneo de Hades forem tão terríveis quanto essa Esfinge, posso encarar com serenidade meu futuro de mortal. Primeiro, ela era bela... E de uma beleza... de uma beleza...
— Era o que diziam — atalhou Creonte.
— Mas você não me disse.
Houve um novo silêncio.

— Mais um esquecimento, Creonte, e que não consigo explicar. Entre os perigos que nos ameaçam, o primeiro não é a beleza? Não devemos estar preparados para ele, mais que para qualquer outro? Mas deixemos isso... Se fizermos a lista de suas omissões bem-intencionadas...

Édipo contou como, esperando ter de enfrentar uma criatura sedenta de sangue, encontrou-se diante de uma bela moça, mestra em jogo de palavras, enigmas e charadas. Tudo o que ele tanto apreciava. Conversaram civilizadamente. Ela se considerava insuperável nas adivinhações. Tinha achado a pessoa certa. Ele aceitou o desafio. Ela lhe perguntou: "Quem são os irmãos que geram um ao outro sem parar?" "O dia e a noite", respondera ele de imediato. Ela fez então uma pergunta bem mais difícil: "De manhã, anda de quatro, ao meio-dia, com duas pernas, e à noite, com três: quem é ele?" Como era comovente aquela moça linda que o provocava no seu terreno predileto! O jogo tinha um raro erotismo. Sua mente trabalhava com a rapidez de Hermes. Vamos ver... Bebê... adulto... velho coxo... Heureca! "É o homem!"

Édipo imaginara que tão alegre vitória lhe conquistaria o coração da bela moça. Mas era muito inexperiente na arte de seduzir. Ocorreu o oposto. Despeitada, a maravilhosa mulher olhou com desdém para aquele grande ingênuo, capaz apenas de resolver charadas. Cheia de raiva, ela desapareceu!

— Foi esse o glorioso combate contra o monstro terrível! O sublime confronto com o terror de Tebas! Um jogo inteligente. Uma série de adivinhações!

Presbites e Creonte permaneceram em silêncio.

Édipo aproveitou a vantagem:

— Mas vamos voltar ao método lógico e estender esta cadeia de deduções. Segundo teorema: o teorema do poder. Todo indivíduo que sentiu o gosto do poder recebe de baixo para cima uma tentação de permane-

cer no poder. A história de Tebas está cheia de exemplos que ilustram essa afirmação. Desculpem meu entusiasmo de iniciante, mas desde o encontro com Tirésias o passado de vocês é para mim um jardim...
"Ele me irrita com seus passeios mitológicos", pensava Creonte. "Que espécime ainda vai desencavar de nossa memória? Niso? O Niso da lenda dionisíaca?... É, deve ser isso! Niso, a quem Dioniso havia entregado o trono de Tebas enquanto viajava às Índias, e que não quis devolvê-lo quando ele voltou? Dioniso levou três anos para destituí-lo!"
Por sua vez, Creonte revolvia a memória de Tebas...
"Ou o que mais... Lico?... O exemplo perfeito do regente abusivo!... 'Quando Lábdaco morreu, Laio ainda era muito moço para reinar, e a regência foi entregue a Lico, filho de Hirieu...' Era assim que começava a bela história de Antíope, que nosso avô Oclaso contava... a história preferida de Jocasta!..."
Creonte voltou a si:
"Bem", pensou, "é claro que estão me preparando um lugar especial nessa galeria de regentes que se incrustam... Você está enganado, matemático, não me vai custar provar-lhe isso... Mas seja como for... Sua inteligência me intriga... Está enganado, mas mesmo assim chega à verdade... Como adivinhou? Será que deixei escapar alguma coisa?..."
— Majestade — disse afinal —, sua lógica é tão fascinante quanto sua retórica. Mas como ambas tendem a me mandar pelos mares afora, não posso ficar calado. Demorei a entender a natureza do processo que move contra mim, a tal ponto ele me parecia inverossímil. Teria sido fácil derrubar cada uma de suas suspeitas. Mas vamos nos restringir a um ponto: não é o motivo que faz o conspirador?
— Exato, é o meu segundo teorema, o do poder.
— Que posso eu desejar, que já não tenha? Minha posição é incomparavelmente mais confortável que a sua.

Cunhado do rei, desfruto de seu prestígio, aproveito-me de sua autoridade, tiro vantagem de seu domínio absoluto. E isso sem os encargos, as obrigações ou os perigos ligados ao exercício do poder. Sou rico, minha mulher Eurídice e meus filhos são a alegria dos meus dias. Tenho a honra de morar na casa construída por nosso ilustre Agamedes para abrigar os amores de Alcmena e Anfitrião: dizem que é a mais bonita da cidade. Até há pouco tempo, eu contava com a sua confiança. Quem seria louco a ponto de pôr em risco tal situação?

A resposta do rei caiu, palavra por palavra.

— O mesmo louco que mandou Tirésias acusar o rei!

— Não tenho a mínima ideia do que vocês falaram!

— Francamente, Creonte, você não sabe de nada. Fraca defesa! Você não sabia nada da Esfinge e nada sabe de Tirésias. Não, Creonte... não! A verdade é esta: você combinou com Tirésias para me embriagar... Achava que, na confusão dionisíaca, ele conseguiria me fazer aceitar a responsabilidade pela morte de Laio! Que, na busca da verdade, eu iria aceitar ilusões. Só que Tirésias não desempenhou bem seu papel. Também bebeu demais. Exagerou a respeito do monstruoso, do impensável... Não é vantagem ter Tirésias como ajudante! Um velho assim tão louco não deve ser fácil de manejar... E mais cedo ou mais tarde acaba fazendo você dar uns passeios por mares hostis!

Presbites estava atordoado com o que ouvia. Queria intervir em defesa de Creonte. Mas a cólera do rei o petrificava. E a defesa do regente lhe parecia fraca, tão fraca...

Creonte vira a tempestade se armar, mas não conseguiu abrigar-se. Édipo atingira a parte de sua consciência que ele julgava mais inacessível. As flechas do rei eram inofensivas, com certeza, mas o homem que elas atingiam era frágil demais e o alvo, muito sensível. O furor de Creonte contra Tirésias acabava de o paralisar.

Adivinho maldito! Maldito adivinho! Ele não conseguia se defender. Tudo o que tentasse dizer ia se voltar contra ele. Sua inocência era culpada! Precisava de tempo. Tempo para se defender. Anunciaram a chegada de Jocasta. Creonte aproveitou e pediu permissão para retirar-se. Édipo concedeu-a. A seu modo.
— Pois não, Creonte. E prepare a partida. Tebas tem necessidade de estanho. Quanto desprezo no sorriso de despedida!
— Pode preparar sua defesa no mar.

***

As crianças brincavam.

Enquanto Orfeu, de costas, cantava três notas, as Eurídices tinham o direito de avançar para o ponto de chegada. Mas, assim que Orfeu se virava, as Eurídices se transformavam em estátua. Quem se mexesse voltaria para o Inferno.

— Para o Inferno, Polinices! — ordenou Etéocles, que representava Orfeu.

— Outra vez?

— Você se mexeu, não foi? Já para o Inferno!

Polinices voltou para o Inferno.

Mas o pequeno Hêmon era invencível nesse jogo. Ao contrário dos outros, ele economizava os movimentos. Um gato. O gato tomou o lugar de Etéocles.

— Agora, Orfeu sou eu!

O jogo continuou.

As Eurídices avançavam, avançavam, nas costas de Hêmon... Ismena, a caçula de Édipo e Jocasta, tinha 4 anos e não parava quieta. Nem conseguia manter o equilíbrio. Hêmon fingia não perceber. Os outros, que gostavam de brincar, aceitavam. A briga estourou quan-

do Antígona foi pilhada entre dois passos que Hêmon fingiu não ter visto.
— Trapaça! — gritaram os primos. — Você sempre protege Antígona. Quer que ela ganhe! Megareu, diga alguma coisa! Antígona se mexeu! Você não viu?
Megareu hesitava:
— Às vezes a gente não enxerga o que está bem na nossa frente...
Gritos:
— Você está protegendo Hêmon!
— Não é justo!
— A gente não brinca mais!
Então Hêmon explodiu:
— Sou eu que não brinco mais! Chega! Vou embora! Vocês vivem brigando e gritando. Com vocês, brincar até parece uma guerra. Vocês vão ver! Vão ver quando for a vez de meu pai ser rei!

CAPÍTULO 5

Diante do templo de Ártemis Árgenis que dominava o lago, Jocasta tirou suas joias uma por uma e desamarrou as sandálias. Soltou o cinto, e a túnica escorregou-lhe até o chão. Deixava ali seus adereços, como oferenda à deusa da natureza e da liberdade.

Édipo a viu descer, pensativo. Desde que haviam saído de Tebas, naquela manhã, os dois não trocaram palavra. A contragosto, ele deixou-se levar para o passeio, que lhe parecia indecente.

Jocasta fazia tão poucas exigências que Édipo nunca lhe recusava nada.

Na véspera, ela lhe impusera essa fantasia.

O rei olhava Jocasta.

"Dois pedidos no mesmo dia", pensava ele. "É muito." Ela chegava à beira do lago. Ele sentiu uma suspeita. "Dois pedidos... é demais."

Ela não chegara numa hora boa, na véspera.

"Intuição feminina, decerto."

Contrariado, Édipo deixara Presbites lhe resumir a cena a que acabava de assistir.

— Banido? — exclamara Jocasta. — Sem provas? Exilado por uma dúvida? Meu próprio irmão!

Agora era a cólera da rainha... Presbites achou melhor também dar o fora.

— Não é com um punhado de suposições que se faz um culpado! Tebas já sofreu muito com esse tipo de justiça! Justiça de mexericos! Justiça de delatores! A justiça do boato! A justiça infecta das ruas de Tebas! Pai que manda o filho para o exílio! Irmão que condena o irmão! Tebas espera outra coisa de Édipo! Tebas espera de Édipo a justiça justa! Édipo cederá.

— Está bem. Ele pode ficar, mas que eu não o veja nunca mais.

A irmã ofendida cedeu então a vez à esposa indulgente:

— Nossa cidade está em plena tormenta. Terríveis responsabilidades desabam sobre o rei. Estou vendo, meu caro, que você está exausto, que dia a dia o peso é maior. Queria ajudá-lo, mas quase não nos vemos. Lembre-se da confiança que havia entre nós. Você não costumava desprezar a ajuda de sua mulher. Hoje, tem necessidade dela, mas não percebe. A solução está perto de você, Édipo, na sua intimidade. Esta sua solução que o ama tanto...

Édipo continuava calado.

Duvidou do remédio aconselhado.

Jocasta propunha uma escapada até o lago Cópais.

— Vamos só nós dois, sem corte, sem família e sem escolta.

"Sem escolta...", pensou Édipo, "... pura loucura em terra regicida!"

— Abriremos todas as portas. Vamos liberar o coração. Falar, se tivermos vontade de falar. Abençoar nosso silêncio, se ele lhe traz a paz.

Jocasta era Jocasta. Pela segunda vez, Édipo cederá.

Ela chegou à água translúcida. Quando seu corpo mergulhou, o lago inteiro a envolveu como seda de linho.

Do alto do promontório, toda a beleza do mundo voltava à ordem. Édipo meditava. Pouco a pouco, contemplou. No lago, o corpo de Jocasta, como uma em-

barcação branca, era um convite à viagem. Édipo entregou-se ao espaço. Desceu para a margem.
— Lá do alto, vi seu corpo tremular na água.
— E eu vi o seu erguido para o céu... elegante como o templo.
— Por que é dedicado a Ártemis Árgenis?
— Agamenon mandou construí-lo quando, bloqueado no porto de Áulide, no comando do exército grego, só pensava em partir rumo a Troia. Exasperado, acabou perdendo a cabeça... É um perigo quando há excesso de responsabilidades concentradas num único homem...
— Sei...
— Um dia, Agamenon avistou um jovem de grande beleza que nadava no Cefiso. Sentiu um violento desejo por ele. O jovem — que se chamava Árgenos — fugiu, apavorado. O rei correu em sua perseguição... Quase sem forças, Árgenos chegou a este lugar e atirou-se no lago, onde se afogou. Agamenon voltou à razão e percebeu o horror de seu ato. Ordenou funerais pomposos e mandou construir este templo em memória da vítima de seus loucos desejos.
— Jocasta, Jocasta, acho que o ambiente está nos perturbando... essa história que você contou ainda está por vir!
— Mas é verdadeira! Mais verdadeira que as profecias de Tirésias!
O riso de ambos ecoou pelas margens do lago.
Depois foi sumindo. Édipo contemplava as curvas harmoniosas de Jocasta. Lago afrodisíaco... corpo glorioso da mulher, esposa e mãe...
— Como você é linda! A mulher é porto e viagem... Não consigo imaginar homens tão desequilibrados que busquem o amor sem ela...
— Oh, não diga isso!

Jocasta voltara-se de repente. Seus cabelos flutuavam atrás da cabeça, lembrando uma coroa. O desejo de Édipo era visível. Para ele, desejo e curiosidade andavam juntos. E a curiosidade acabava de ser provocada pela exclamação da mulher. Como, de repente, a voz dela ficou triste!
— Jocasta?
Jocasta percebeu que já não podia ignorar as perguntas.

De costas, ela falou, fixando a outra margem:
— Quando Etéocles nasceu, você se admirou que meu casamento com Laio não tivesse gerado filhos. Está lembrado? Não respondi, por respeito à memória daquele homem a quem admirei e que foi bom para mim. Mas já está na hora de você saber toda a história. Quando morreu seu pai Lábdaco, Laio era muito jovem para subir ao trono. A regência foi assumida...
— Por Lico, já sei, que logo tomou gosto pelo poder...
— É, e que expulsou o jovem herdeiro.
— Laio conseguiu refúgio em Pisa, perto de Olímpia.
— Isso... E foi daí que veio nossa infelicidade. Em Pisa, o rei Pélope recolheu o órfão de sangue real e educou-o como a um filho. Ora, Pélope tinha um grande intuito: reunir em Olímpia os mais belos atletas das cidades gregas, a fim de fazê-los concorrer em competições pacíficas que se chamariam Jogos Olímpicos. Infelizmente essa ideia bem-intencionada deu origem a uma terrível desgraça de que Laio se tornou o instrumento maldito...
— Que estranha fatalidade acompanha as mais nobres ações humanas...
— Do casamento com a belíssima Hipodâmia, Pélope teve muitos filhos. O mais belo, Crisipo, era o companheiro favorito de Laio... Os Jogos Olímpicos só se realizavam de quatro em quatro anos, mas a cidade de Pisa vivia em

contínua preparação. Lá, a beleza do corpo masculino era muito mais valorizada e festejada do que em qualquer outro lugar da Grécia. Foi nessa permanente exaltação do corpo que nasceram entre os homens as primeiras relações antinaturais. Laio amou Crisipo. Estourou o escândalo. Laio tentou raptar o amante. A cólera de Hera, protetora dos amores legítimos, caiu sobre eles. Crisipo suicidou-se. Laio foi banido por Pélope, mas levou consigo a maldição divina sobre ele e sua descendência.

O lago estremeceu sob a brisa.

— Eu nada sabia dessa história quando me tornei a mulher de Laio, pela primeira e única vez. Depois dessa noite de felicidade, uma infinidade de noites calmas demais me deixaram agitada. A calma do espírito não convive bem com o repouso forçado do corpo. Achei que era minha culpa o estado abatido de meu marido. Diante dele, mostrei essa culpa. Foi então que me confessou os erros do passado. Apesar da minha tristeza, ainda me restava algo bom: estava grávida. Mas, quando nosso filho nasceu, Laio lembrou-se da maldição de Hera. Foi consultar Tirésias. Que as Fúrias carreguem esse vidente desgraçado! "Teu destino é morrer pela mão dessa criança, que acabará dormindo com a mãe. Além de uma série de outras desgraças!" Foi esse oráculo que Laio ouviu do impostor.

— E o que há de mentiroso nisso?

— Laio não morreu? E quem o matou?

— É o que estamos procurando.

— Com certeza não foi seu filho, e isso é o que conta! Laio foi assassinado por bandidos: é um fato sabido. Quanto ao filho, Laio tomou tenebrosas precauções para desmentir o oráculo. Três dias após o nascimento, a criança me foi tirada, sem consideração por minha dor de mãe. Traspassaram-lhe cruelmente os tornozelos e os ataram: foi assim, pendurado pelos pés, que o inocente, quase morto, foi entregue a um pastor encarregado de abandoná-lo no monte Citéron. Meu filho, meu bebê, meu único consolo... entregue às feras!

Jocasta virara-se para Édipo e o encarava. Ele viu em seus olhos um brilho desconhecido.

— Depois disso, como dar o mínimo valor às profundas meditações de Tirésias e de todos esses partidários do horror? Foi por causa desses delírios de adivinhação que sacrificaram meu filho. Agora vão também sacrificar meu irmão? E depois? O meu marido, talvez?

— Essas lembranças reabriram em você uma velha ferida. Não ceda ao ódio, rainha. Não pronuncie palavras ímpias.

— Quem é ímpio? A mãe despojada sem motivo, que nunca deixou de cumprir os deveres piedosos? Ou esses parasitas mantidos pela credulidade pública para anunciar catástrofes? Nunca faltei com o respeito aos deuses! Que me seja permitido abominar seus pretensos ministros!

— Concordo que Tirésias é um indivíduo nocivo. Mas nem todos os videntes são assim...

— Ele desfruta da máxima autoridade! Foi ele que você foi consultar. Por causa dele, começou a suspeitar de Creonte e estava a ponto de bani-lo da cidade. Já não lhe mostrei os embustes desse homem? Todo o seu saber consiste em impressionar as imaginações misturando habilmente as fábulas do passado, as trevas de sua toca com a compaixão provocada por sua idade avançada e pela doença. Que informação de valor ele lhe deu sobre o assassinato de Laio? Pressentimentos! Coincidências! Uma confusão de lendas! Ora, os fatos são claros: o rei de Tebas foi assassinado por um grupo de bandidos, num dia preciso, num lugar determinado, a encruzilhada das estradas de Delfos e de Dáulis, na Fócida! O que, além disso, você ficou sabendo?

O detalhe geográfico sobressaltou Édipo.

Mas antes de tudo ele queria acalmar a esposa, curar-lhe as feridas. Não aguentava ver, no rosto de seu amor, os estigmas do sofrimento e do ódio. No horizonte limpo de uma tarde de verão, ouvem-se às vezes os rumores distantes de uma improvável tempestade. Mas o amor fizera Jocasta rainha de um dia de verão sem nuvens. Édipo não estava interessado em ouvir aqueles rumores distantes.

Jocasta ficou em silêncio. Deitou a cabeça e desapareceu sob a água. Édipo mergulhou também. Voltaram à tona, os corpos se tocando. Só se ouvia o leve ruído da água agitada por suas carícias.

— Meu Príncipe — sussurrou ela —, chegou o momento, conte-me tudo!

Édipo abriu-se.

— Nasci em Corinto, do rei Políbio e da rainha Mérope: sou o único filho que eles tiveram. Gostava muitíssimo de meus pais...

Sentia as carícias de Jocasta percorrerem seu corpo.

— ... e eles me amavam muito. Eu era o herdeiro do trono, tinha privilégios. Nada parecia contradizer essa felicidade. Um dia, durante um banquete, um bêbado me chamou de filho adotivo...

Como que arrastado pelo impulso da confissão, Édipo não conseguia parar:

— A ofensa atingiu-me profundamente. Pedi uma explicação a meus pais. Ficaram escandalizados. Mas a ideia não me largava. Fui a Delfos sem a autorização deles... e lá...

Jocasta tremia.

— Uma profecia... abominável... Vais te unir... a tua mãe... e serás... o assassino... daquele... que te gerou...

No centro do mundo, havia agora um casal desnorteado.

O abraço afrouxou. O silêncio era total. Os deuses observavam.

Édipo e Jocasta subiram para o templo.
— Você me contou uma história estranha — disse Jocasta, pensativa.
— O oráculo me deixou apavorado. Resolvi abandonar Corinto, nunca mais voltar nem rever meus pais. Não queria dar a Apolo a mínima oportunidade para concretizar sua profecia.
— Foi portanto no regresso de Delfos que você chegou aqui?
— Foi, e quero lhe contar um segredo.
Mas ficou calado.
— Vamos, Édipo, vamos — pediu Jocasta, com doçura.
— Há pouco você disse que a rixa que causou a morte de Laio aconteceu na encruzilhada das estradas de Delfos e de Dáulis, não foi? Eu ignorava esse detalhe: levei um susto.
— Eu só queria acalmá-lo.
— Você se referia àquela junção, na estrada chamada *Skhistè Hodós?*
— É, sim, na *Skhistè Hodós*. Que eu saiba, é a única que existe.
Édipo ergueu o rosto aos céus.
— Ó Zeus! O que fizestes de mim?
— Por que esses temores repentinos?
— Receio ter de dar razão a certa ave agourenta...
— Diga tudo, Édipo, diga!
— Ouça: a passagem era escarpada. A estrada, estreita. Vinha andando sozinho, remoendo pensamentos sombrios. Pensava na tristeza que ia causar a meu pai e a minha mãe, desaparecendo para sempre da vida deles. Eu não enxergava nada. Não ouvia nada. De repente, vejo-me diante de um arauto que precede, em marcha rápida, um largo carro de quatro rodas. Ele grita para que eu me afaste. Mal consigo descobrir a tempo um lugar para dei-

xar passar o cortejo; o carro já chega na minha direção. O cocheiro estala o chicote, que me fustiga o rosto. Os cavalos me atropelam. Quando chega perto de mim, o homem que está no carro me dá uma paulada: "Que o diabo carregue esse vagabundo!", berra ele. "Já não disseram para você sumir do caminho, filho sem pai nem senhor?" Filho sem pai! Outra vez? A ofensa me deixa furioso. Empunho a espada, salto no carro, e começa uma luta medonha. Os cavalos se assustam, pisoteiam o arauto. Rolamos por terra. O cocheiro resvala no precipício. Dou golpes para todos os lados. De repente percebo que são corpos sem vida que estou atacando. Eu nunca havia matado... Três cadáveres jazem a meus pés. O último membro da escolta, que seguia o cortejo a distância, desapareceu. O espetáculo é deprimente. O silêncio me deixa sem ação. O pânico toma conta de mim. Durante quanto tempo eu corri? Não sei. No dia seguinte, ao cair da tarde, cheguei às proximidades de Tebas...

— A coincidência é espantosa, de fato. Mas...
— Com quem se parecia Laio?
— Com você. Não! Desculpe-me... Era alto, cabelos brancos... Mas o que você está pensando?
— Se esse cortejo era o de Laio, todas as maldições que proferi vão recair sobre mim! Só me resta esconder-me na mais profunda barbárie, banido de Tebas, proibido de ir a Corinto, despojado de tudo o que amo!
— Édipo, Édipo! Não se atormente à toa!
— Todas essas coincidências não assustam você?
— De forma alguma. Temos um depoimento incontestável sobre as circunstâncias do drama: um sobrevivente afirma que o cortejo foi atacado por vários bandidos, e não por um homem sozinho!
— Quem é a testemunha?
— Forbante. Um velho criado, dos mais fiéis.
— Ele ainda vive?

— Não sei.
— Onde está?
— Antes do acidente, morava no palácio. Mas a morte de seu senhor o arrasou. Quando viu o trono ocupado por um estrangeiro, pediu-me que lhe entregasse um rebanho, pois desejava terminar seus dias longe da cidade. Eu não tinha motivo para recusar esse consolo a sua lealdade.
— Será possível encontrá-lo?
— Talvez em alguma colina do Citéron. Mas, se ainda vive, deve estar bem velho.

Haviam chegado à entrada dos *katavóthres*. Era uma enorme passagem por onde escoavam as águas do lago Cópais. Elas entravam na terra com um ruído monstruoso e reapareciam, pacíficas, alguns quilômetros adiante, para alimentar o lago Hilice. Era isso, em todo o caso, o que se pensava. Ninguém conseguira prová-lo de modo incontestável. No entanto, as mentes mais curiosas haviam se interessado pelo mistério dos *katavóthres*. Era uma espécie de silogismo do qual se conhecia uma das premissas e a conclusão, sem que ninguém conseguisse descobrir a premissa menor.

O rosto de Jocasta iluminou-se de repente:
— No que lhe causa tanto tormento, só vejo motivos para nos alegrarmos! — exclamou ela.

Ensurdecedor rolar da água ou profunda reflexão, Édipo não ouviu o que ela disse. A selvagem brutalidade do espetáculo o havia petrificado. Alguns metros acima, só havia ninfas, amáveis náiades e maternais nereidas. Aqui, ruidosas Fúrias, Erínias torrenciais e Parcas amedrontadoras!
— Deve ser assim o horror do Estige — disse sombriamente o rei.
— É... aqui, o rio infernal nascido das mesmas águas que, lá, ofereciam o esquecimento tranquilo do Lete.

A terra engolia a água que caía coberta de pequenos pontos brilhantes. Alguns metros adiante, era de novo a certeza do solo e a evidência da substância. Mas o espírito perdera o sossego. A imaginação agora borbulhava.

— Jocasta, é preciso encontrar esse Forbante!

— Tempo perdido, os Anciãos lembram-se de seu depoimento.

— É preciso encontrá-lo! Esse homem é o meu sossego!

— Então o seu sossego já está garantido, e mais que o seu sossego.

— Forbante terá de prestar um depoimento muito firme para desfazer o horrível efeito dessa coincidência.

— O depoimento dele vai reacender sua glória!

Édipo ficou imóvel.

— Reacender minha glória? Por ter liquidado, há dez anos, três desconhecidos num encontro infeliz? Que glória pode ter o rei de Tebas nisso tudo?

— Pense um pouco, rei de Tebas! Não foi declarado que Laio foi morto por um bando de assaltantes?

— É o que quero confirmar!

— Se o grupo que você encontrou não era a escolta de Laio, o que era então?

— Sei lá!

— Escute, Édipo, escute palavra por palavra!

E a rainha pronunciou a frase vagarosamente:

— Se, em vez de ter sido o assassino de Laio, você foi seu vingador?

Os *katavóthres* já não passavam de uma lembrança. O silêncio fora restabelecido.

— Acha que os pobres coitados que matei seriam...

— Eram os assassinos de Laio, sim! Não viu como eles estavam com pressa?

— Nada teria acontecido se eles tivessem um mínimo de paciência.

— Estavam fugindo, Édipo! Tinham cometido o crime e fugiam! Sua chegada os atrapalhou. Estavam fugindo!

— Uma coisa sempre me pareceu estranha: que eu tenha conseguido, sozinho e sem experiência, derrubar três adversários... Seria mais compreensível se eles estivessem saindo de outra luta.
— O destino fez com que eles chegassem até você cansados pelo crime cometido. Nêmesis lançou um olhar ao viajante solitário e desesperado que regressava de Delfos: escolheu-o como instrumento para punir o terrível crime.
— Acha que Forbante vai se lembrar de quantos eram os bandidos?
— Eram quatro! Forbante afirmou!
Agora, o rei andava com passos decididos para Tebas. De coração refeito, mente limpa.
"Justiceiro de um regicida! Édipo! Rei vingador de rei!"

***

O passeio do rei e da rainha devia ficar em segredo, mas logo se tornou do conhecimento de todos.
Aumentou o pânico dos tebanos.
— O rei desapareceu!
— E a rainha também!
— A febre mortífera!
— Édipo está morrendo no palácio!
Percebiam de repente que o rei era vulnerável à peste como o mais humilde de seus súditos: o ar ao redor do trono não deixava de estar infectado.
— A peste não respeita nada!
— O trono está vago!
— Um regente! Precisamos de um regente!
— Onde está Creonte?
— Há dois dias que ninguém o vê!
— Também morreu?
— Vai ver que sim!

Em um só dia, a peste fez um número igual de vítimas e de pretendentes à regência.
Apavorada com a epidemia, a imaginação dos tebanos entregava-se a todos os exageros. A morte forçava as portas com indiferença. A cidade estava à mercê de todos os ventos. Nela, havia medo, invencionice, mentira, morte. Já não havia portas; logo, nada de barreiras, filtros, medidas, censuras, nem limites.

— Quem foi que disse que a ausência de portas era a Idade de Ouro?

— É o inferno!

O rei e sua esposa não escapavam desse desequilíbrio que levava a todos os extremos. Se Jocasta, ainda ontem, maldizia os céus, hoje lhes dava graças.

O rei, que temia a maldição, acreditava estar abençoado pelos deuses!

Ao caminhar para Tebas, Édipo revia seu passado. Não havia dúvida! A cada passo, reconhecia a marca divina. Era evidente que Métis, a sutil, o ajudara a descobrir os enigmas da Esfinge. Teria ajudado, se ele não fosse o vingador de Laio? O encadeamento das causas e efeitos se invertia. É, a glória do rei Édipo cabia aos deuses. Os deuses é que haviam agido por ele quando ele pensava estar agindo. Quando decidia, estava apenas obedecendo! Sentiu uma paz indizível ao se perceber como instrumento de vontades sublimes. O próprio oráculo de Delfos encontraria explicação no esclarecimento desses planos superiores.

Lamentou, então, sua irritação com a procissão sacrifical das crianças de Tebas. O povo compreendera que a divindade falava por intermédio dele: o povo sente tanta coisa! O povo adivinha. O povo é um grande adivinho.

Na periferia da cidade, percebeu olhares incrédulos.

Há muitos anos, tinham-no recebido também desse jeito...

Ele continha a alegria: em breve seria homenageado como salvador. De fato, só cumpriria a vontade dos deuses; mas cabia-lhe escolher o momento de fazer tal revelação. Guardar semelhante segredo dava-lhe a impressão de se igualar aos deuses.
Eles o castigariam por isso.

***

Antígona cometera uma falta grave. Durante a ausência dos pais, a vigilância no palácio afrouxou um pouco. Antígona aproveitou para subir num banco e pegar o objeto mais cobiçado: o pequeno sátiro bebedor, de terracota.

Esse brinquedo era o preferido das crianças, mas só Etéocles, o mais velho, tinha permissão para pegá-lo. Era uma estatueta que representava um sátiro sentado, segurando um vaso diante de si. O corpo era oco e comunicava com o vaso por um sifão escondido. Enchia-se o vaso, e o sátiro bebia ou devolvia o líquido conforme se fechavam os buraquinhos que tinha na cabeça ou nas costas. Etéocles acompanhava a demonstração, com comentários e ruídos guturais; as crianças davam gargalhadas. Insubmissa e curiosa, Antígona tinha enfim a oportunidade de descobrir aquele mistério fabricado por um artesão da Beócia. Ela enfiou um alfinete num orifício. O alfinete ficou preso. Antígona sacudiu o sátiro. Ele se quebrou. Apavorada, ela tentava enterrar os cacos no jardim quando a governanta a viu.

— Ó menina rebelde e teimosa! Está vendo? É nisso que dá ser desobediente!

Ao chegar, Édipo não pôde contrariar a repreensão da governanta. Mas, ao ver as lágrimas da pequena desastrada, sentiu o coração quase partir-se como uma estatueta de terracota...

CAPÍTULO 6

Num vale afastado do maciço do Citéron, bem além do santuário das Bacantes, o som de uma flauta acompanhava o fim do dia. Só esse fio sonoro, aprumado como a fumaça no ar imóvel, assinalava a presença do homem. A ruidosa cigarra, pousada na oliveira em que ele se encostava, crepitava, monótona. Os cardos floriam. No meio das cabras, o velho pastor esperava. Tudo iria acontecer: o fim do dia, o fim do verão, o fim de sua memória, naquele vale retirado do maciço do Citéron, bem além do santuário das Bacantes.

***

Enquanto Édipo e Jocasta entravam pela porta norte, o destino escolheu o sul para entrar na cidade de sete portas. Um estrangeiro perguntava como chegar à presença do rei. Parecia muito agitado, embora fosse bastante idoso. Levaram-no até o porteiro Piloro.

— Meu nome é Ifícrates. A cidade de Corinto encarregou-me de uma mensagem da mais alta importância destinada a seu rei.

Piloro estranhou. Mensagem da mais alta importância? Confiada àquele velhote? Com todos os perigos da estrada?

— É difícil acreditar.

— O seu rei vai acreditar.
— A caminhada o deixou muito cansado...
— Na minha idade, toda viagem é cansativa.
— Na sua idade, as mensagens são confiadas a gente mais disposta...
— Não a que trago para Édipo.

A rainha Jocasta foi a primeira a saber dessa chegada imprevista. Vibrando com a proximidade de seu triunfo, tudo o que pudesse atrasar esse momento a deixava impaciente.

— E de onde vem esse estrangeiro?
— De Corinto.

Corinto? A rainha recebeu o mensageiro.

— Se sois a esposa abençoada do rei de Tebas, que os deuses protejam para sempre vossa felicidade e a de toda vossa família!
— Recebo a homenagem com gratidão. É esse o modo de falar coríntio?
— É o modo de falar daqueles que pressentem a felicidade.
— Que felicidade pode chegar de uma cidade que me é estranha?
— Corinto vos é estranha, rainha, mas é mais próxima do que imaginais. Sombra e luz, calor e frio: uma grande felicidade sempre carrega um pouco de tristeza...
— Devo ao mesmo tempo sentir medo e me alegrar, então?
— Os habitantes de Corinto estão dispostos a tornar vosso marido rei da região do Istmo.
— O trono está desocupado?
— Nosso querido rei Políbio morreu.

Ifícrates não pôde continuar: a rainha reteve um grito e desapareceu.

***

Édipo já estava preparando a busca de Forbante. Ia confiá-la a seus três amigos Udeos, Hiperenor e Pelórion. Édipo costumava caçar javalis com eles, nas encostas do Citéron. Com seus cães bem adestrados, vasculhariam o maciço em pouco tempo: nenhum pastor lhes escaparia.

— Vamos seguir do Nascente para o Poente...
— Se Forbante estiver vivo, pode contar que virá até aqui!

Houve um alarido perto da porta. Num instante, Jocasta, radiante, iria anunciar a Édipo a morte do pai.

***

Embora muito cansado, o velho Ifícrates não deixou de perceber o modo estranho com que Édipo recebeu a triste notícia. Em vez de ficar abatido, o jovem rei enchia de perguntas o mensageiro: o rei Políbio, morto? Quando? Onde? Como? Quem estava perto? Verdade? Você o viu? Pegou? Mas morreu de quê, de quê?

Quanta preocupação, pensava Ifícrates, por uma morte natural...

— Perfeitamente natural — confirmou —, estava com muita idade.

"Então, não tenho nada a ver com a morte de meu pai!", pensava Édipo, com o coração aos pulos. "Está desmentindo o oráculo de Delfos, velho mensageiro, está desmentindo... Será possível?" Édipo continuou a fazer perguntas:

— Não seria o desespero de nunca mais rever o filho, o motivo da morte do rei? Diga!

— Ele sentia muito vossa falta, majestade. Mas, com o passar do tempo, a ferida cicatrizou.

Jocasta já não se continha. Convenceu o marido:

— Mesmo indiretamente, de forma alguma você tem algo a ver com a morte de seu pai! O oráculo mentiu! Você está livre, Édipo, livre!
Então, Édipo se afastou.
Ao seguir com o olhar aquela figura de costas encurvadas, Ifícrates e Jocasta entenderam que Édipo estava de luto. Respeitaram-lhe o sofrimento. Combinaram adiar a discussão sobre a herança da monarquia do Istmo. Aliás, o esgotamento do mensageiro não a permitia.

***

Sim, a lembrança de Políbio atormentava Édipo. O afeto e o remorso invadiam-no. Políbio fora o melhor dos pais. Édipo tinha procurado imitá-lo. Mas, por causa do maldito oráculo, tinha abandonado e condenado o pai à morte solitária! Por causa do oráculo, deixara Políbio morrer sem lhe demonstrar sua afeição, admiração e fidelidade. Por causa do oráculo, havia adotado o papel odioso de filho ingrato. Tanta indignidade, só por ter acreditado piamente num oráculo! Simples crendice, ridícula superstição! Sujeitara seu destino a algumas palavras, à imbecil vibração que delas emanava! Sentia-se agora vazio, sem ação. Havia construído no ar, apoiado sua existência no vento! De repente o vento passava, e tudo se desmoronava! Percebia que, apesar da destruição que causara, o oráculo trouxera ao menos uma vantagem: dar sentido a sua vida.

***

A noite era fria e escura. O palácio dormia. Édipo sentia vontade de ninar nos braços a filha, a pequena Antígona.
Lembrou-se dos amigos que deviam estar acampados em alguma encosta do Citéron. A bela voz de

Hiperenor estaria cantarolando uma melopeia perto da fogueira... Os habitantes de Tebas, sem dúvida, já sabiam que o rei enviara os três farejadores atrás de uma pista. Era um vislumbre de esperança. Mas que pista? Édipo tentava coordenar as ideias.

"O que esperar de Forbante? Que ele me identifique como o vingador de Laio? Para quê? Agora já sei que não fui eu quem o matou: já me basta. Ser reconhecido como eleito dos céus? Superstição em cima de superstição... Obter revelações sobre a identidade dos culpados? Seria supor que Forbante não tivesse dito tudo o que sabia. Por que motivo? Medo de vingança? Mas, se eu lhe contar que já não há mais nada a temer, que matei com minhas próprias mãos os que ele temia, há de soltar a língua... A menos que ele saiba que um dos assassinos me escapou... Ah! deve ser isso! E o sobrevivente deve ser o chefe da conspiração, o assassino de Laio em pessoa! Senão, por que o oráculo de Delfos insiste em falar do assassino do rei ainda impune? Delfos! Sempre Delfos! Meu pensamento não sai de lá!"

Lembrou-se de repente das confidências de Jocasta. E levantou-se no escuro. Impressionante! Impressionante que a mesma profecia tivesse sido feita a Laio! Incesto e parricídio! Que obsessão! O oráculo de Delfos repetia sempre a mesma coisa? Quantas vezes e a quantos peregrinos havia profetizado incesto e parricídio? Seria o caso de procurar todos eles? Interrogar a todos? Apoiar-se assim nos precedentes para adotar uma conduta... Ou compreender afinal o sentido desse oráculo monstruoso?

CAPÍTULO 7

— Creonte! Os assassinos do rei foram encontrados! O rei de Tebas é rei de Corinto!
— O quê? Que está dizendo?
A jovem Corina tinha conseguido entrar. No escuro, ela ludibriara a atenção dos arcontes que vigiavam a casa de Creonte.
— Os assassinos foram encontrados! O rei de Tebas é rei de Corinto! foi o que disse minha senhora. "Vá à casa de Creonte e, quando estiver a sós com ele, diga-lhe isto: os assassinos do rei foram encontrados, o rei de Tebas é rei de Corinto."
— Ela só disse isso?
— Ela disse: "os assassi..."
— Fale baixo! Como ela estava?
— Rubra! A rainha Jocasta estava com o rosto todo vermelho!
— Ela estava brava com quem?
— Com ninguém!
— Você disse que ela estava com o rosto vermelho.
— Foi queimadura do sol.
— Ela saiu do palácio?
— Com o rei.
— Aonde eles foram?
— Passear ao sol.

Creonte teve um gesto de impaciência. Não conseguiria outras informações daquela tola. Encontrados os assassinos de Laio? Mas então ele, Creonte, estava inocentado! A perspicácia de Édipo teria superado sua má vontade? O que Corinto tinha a ver com tudo isso?
— Faça um esforço, Corina! Uma criada tem bons ouvidos! A rainha fez uma viagem a Corinto? Foi isso o que você ouviu?
— Sei de uma coisa, mas...
— Mas o quê?
— Não tenho coragem.
— Corina! Sou irmão dela!... Escute: eu lhe dou...
— Um sátiro bebedor!
— E até um sátiro falador! Diga logo!
— A rainha estava muito alegre. Muito, muito alegre. Parecia que ela dançava... E até falava sozinha... Mas, aí, dizia coisas... horríveis!
— A respeito de quem?
— Tirésias... Delfos...

Creonte compreendia: a velha obsessão da irmã, o único ponto de desavença entre eles. Ela nunca se conformara com a antiga profecia de Tirésias, que havia enlutado sua vida de mãe. "Nunca sujeitarei meu destino à influência de um oráculo, seja ele qual for! Recuso o domínio que exercem! O presente é meu reino!" Creonte ficara tão chocado com essas blasfêmias que estivera a ponto de renegar a irmã, apesar dos vínculos sagrados do sangue. O que estaria portanto acontecendo agora? A grande batalha de Jocasta terminara de fato? Mais de duas décadas de luta obstinada...

— Vá, Corina! Diga a minha irmã que seja prudente. Que a felicidade é parecida com o sátiro bebedor: devolve sem parar aquilo que a sacia.

***

A fama da biblioteca do palácio de Cadmo era merecida. O tempo nela acumulara uma enorme quantidade de livros: farmacopeias, mapas, coletâneas de leis, compêndios de matemática, genealogias, manuais de arquitetura. Mas o saber fundamental não estava ali. Só a memória dos mais velhos conservava o conhecimento mais precioso, do homem e dos deuses: a mitologia. Quase sempre o saber mitológico usava uma respeitável barba branca. Em Tebas, era a barba de Tirésias, ou a do velho sacerdote Tênero. Mas, se o saber de Tirésias parecia viver das trevas, o de Tênero se apresentava tranquilo em plena luz. Era a ele que Édipo aguardava na biblioteca.

— Nenhum destes livros contém o que procuro. Por isso eu o chamei, Tênero!

— Se eu tivesse a menor informação sobre a morte de Laio, há muito já teria obedecido ao decreto do rei.

— Sei disso, Tênero. Mesmo assim você vai me ser útil.

Tênero teve um gesto de desânimo:

— Útil? Um cavalo, ou um bom par de sandálias, pode ajudar o viajante... Meu saber nada tem de útil.

— Estou bem calçado, Tênero, e meus cavalos podem enfrentar longas viagens. Mas perdi a rota.

— Só lhe posso ensinar a dos outros.

— Mostre-me o caminho seguido por aqueles a quem foi profetizado que matariam o pai e dormiriam com a própria mãe.

A mão de Tênero procurou a resposta na espessa barba. Balançou levemente a cabeça e, por fim, respondeu:

— Entre pais e filhos, muitas relações infelizes foram criadas, mas não essa. Deve estar enganado.

— Um filho que tenha assassinado o pai, você não conhece nenhum?

— Será mais fácil lembrar os pais que assassinaram os filhos; esses não faltam! A começar por nosso desventurado Héracles.
— Mas ele fez isso num acesso de loucura... Mais uma vítima da fúria de Hera. Que o perseguia desde que ele nascera!
— Certo. Então, um outro exemplo. O que acha de Crono, o pai dos deuses, que engoliu um a um todos os filhos, à medida que nasciam, por lhe ter sido profetizado que um deles o derrubaria do poder? Bela lucidez! E que teve seguidores! O exemplo de Crono liberou a ambição de Tântalo, de Atreu, de Licáon, de Harpálice, de Crotopo, de Polícrito e de outros monstros: até parece que certos pais geram filhos só para encher o estômago.
— Contam que o próprio Laio...
— É, Laio mandou matar o filho único. Os pais são horríveis predadores. Mas as mães não são melhores.
— A lenda sangrenta de Lâmia me apavorava quando eu era pequeno.
— É, Lâmia... Mas Lâmia era um monstro, um verdadeiro monstro. Ao passo que tantas jovens mães, de aparência tão suave...

O velho calou-se, pensativo.

— As mães — murmurou enfim — usam o recurso mais sorrateiro de abandonar o filho.
— Mesmo assim, elas lhes deixam uma chance!
— Serão por isso mais inocentes? Como se elas dessem a vida para dispor da vantagem de retomá-la!

Édipo não gostava que a conversa fosse a respeito de sua mãe. Há dez anos, tudo o que se referia a Mérope o assustava. Nem queria recordar-se de suas feições. Ficava logo cheio de vergonha. E o pavor que tinha do incesto! Foi tão pura a infância que teve junto à mãe... o que havia de mais puro no mundo...

Os compatriotas chamavam Édipo para suceder ao pai. Teria coragem de encarar Mérope? Contara com Tênero para conseguir essa coragem. Mas agora estava tranquilo. Fosse qual fosse a revelação do sacerdote a respeito do incesto, tomara uma decisão: não voltaria a Corinto enquanto a mãe fosse viva.

Então Tênero explicou ao rei que a mitologia não pode justificar todas as perversidades:

— A mitologia é rica, riquíssima. Mas não se pode pôr tudo nas costas dela. Relações culpáveis entre mãe e filho, por mais que se procure, não existem. Dizem que todas as monstruosidades estão na natureza. Talvez! Mas não na mitologia. Sim, é claro, há situações aqui e ali que resultam às vezes num infeliz incesto. Mas, afinal, não se pode basear uma verdade geral em mal-entendidos...

O rei demonstrava um embaraço cada vez maior.

— Vamos, Majestade, está escondendo em vão o que o atormenta — disse então Tênero.

Édipo reagiu:

— Desde quando me acha atormentado?

— Suas perguntas me levaram a pensar assim.

— Meu pai Políbio morreu longe de Tebas; minha mãe ainda vive: só estou livre de metade da ameaça.

— Se o oráculo estivesse errado numa parte, seria inteiramente falso.

— Quer dizer que ainda não o é? Que ainda devo temê-lo?

O sacerdote adotou então um tom professoral:

— O oráculo está certo, Édipo, mas você nada tem a temer. Basta abrir os olhos.

— Oh! eles ficam tão abertos que nem a noite consegue fechá-los!

O velho inclinou-se bruscamente. Colocou dois dedos bem afastados diante dos olhos do rei.

— Como está vendo estes dois dedos, não percebe, Édipo, que tem duas pátrias?
— Vejo Corinto de um lado e Tebas do outro. De fato...
O velho ergueu-se.
— Corinto e Tebas, sim! Como se fossem pai e mãe! Pois bem! Você não renegou Corinto? Não desposou Tebas? Foi isso que o oráculo sempre quis dizer!

***

Já nada se opunha ao retorno de Édipo a Corinto. Ele o adiou, porém. Aquela coroação trazia tantos problemas diplomáticos e constitucionais como nunca se imaginara. Mas, sobretudo, Édipo não queria abandonar Tebas no meio da travessia. O desfecho era iminente. Vários pontos obscuros já se haviam esclarecido. É verdade que o assassino do rei continuava à solta, mas o cerco se estreitava. O retorno dos amigos enviados ao Citéron seria decisivo. Com o fim de seus temores pessoais, Édipo entrevia o bem-estar do povo.

Jocasta não gostou do encontro de Édipo com Tênero. Estava cansada da lentidão meticulosa com que o marido limpava cada canto do cérebro. Já não estava tudo esclarecido? Mas a rainha recebeu com alegria a interpretação do oráculo imaginada por aquela barba branca... Como tudo o que ia no sentido da força da vida.

CAPÍTULO 8

Ifícrates, o mensageiro de Corinto, mal podia acreditar no que acabava de ouvir.

— Então, era a existência do rei Políbio que o retinha longe de Corinto?

Édipo e a rainha prosseguiam a entrevista com o enviado do Istmo.

— É difícil responder.

— Édipo, fale. O que dirá a meus concidadãos quando eles lhe fizerem a mesma pergunta?

Édipo ainda hesitou, mas respondeu:

— Ouça, Ifícrates... E avalie minha confusão. Porque o motivo de meu exílio voluntário nada mais foi que o oráculo que ouvi em Delfos — oráculo terrível que prenunciava o fato de eu matar meu pai e dividir o leito com minha mãe!

— Foi isso? Foi esse o motivo que o afastou de seus pais? O único motivo?

— E pode haver outro mais forte?

— Oh, coitado! Que bobagem! Quanto medo à toa!

— Hoje, que meu pai está morto, é fácil dizer isso!

Ifícrates esboçou um sorriso.

— Mas, então, cuidado com Mérope! A rainha ainda está viva!

Édipo não percebeu a ironia.

— Quero ter certeza de que não devo ter medo dela.
Um riso sincero apareceu no rosto do velho mensageiro:
— Ora, Édipo! Pare com essa dúvida e alegre-se! Corinto me escolheu para lhe trazer a notícia libertadora, aquela que vem provar a inutilidade de suas precauções!
— Que haverá de mais convincente que a morte de meu pai?
— Ah! Para contar isso, não era preciso arriscar minha velha carcaça no cansaço da estrada.
— Podemos saber afinal o que valeu tanto sacrifício?
— Édipo! Édipo! O destino me envia para comunicar que você não é filho de Políbio nem de Mérope.
O rei de Tebas não teve a mínima reação. Ifícrates pensou que ele não houvesse escutado.
— Está ouvindo? O sangue que corre em suas veias nunca foi o mesmo dos soberanos de Corinto!

***

No vale afastado do maciço do Citéron, bem além do santuário das Bacantes, os grilos há muito tinham parado de cricrilar nas fendas do chão. O velho pastor notou que seus cães tinham se mexido. Parou de tocar. Os sons da flauta caíram, mansos, ao pé das árvores. A cigarra calou-se. Os cães apontaram sua desconfiança para o Nascente. O pastor percebeu enfim os latidos de uma matilha. Lembrou-se de que outrora, naquelas paragens, o infeliz Actéon fora devorado pelos cinquenta cães que Ártemis mandou contra ele. Forbante pegou seu cajado de corniso. "Afinal chegaram." Estava preocupado com o que podia acontecer aos pobres animais durante sua ausência, naquele vale ermo do maciço do Citéron.

***

Édipo conseguiu enfim sair da incredulidade.
— Repita isso!
Ifícrates repetiu:
— Políbio nunca foi seu pai.
— Se não era meu pai, por que sou filho dele?
— Porque ele o reconheceu como filho.
— Onde você ouviu essa lenda, parecida com as loucas fantasias de um adivinho cego?
— Em lugar algum. Foi de minhas mãos que Políbio recebeu, há muitos anos, o bebê que ele criou como seu.
— Por que adotou a criança?
— Porque Mérope não lhe podia dar filhos. Ele recebeu o menino como um dom do céu.
— Não. Como um dom de você!
— Que o céu me deu numa garganta sombria do Citéron.
— O que você fazia lá?
— Cuidava dos rebanhos na montanha.
— Você era pastor?
— É, pastor. E cuidei daquele cordeirinho em mau estado.
— Ele estava doente?
— E ainda não ficou bom: olhe para seus pés!
Nunca ninguém ousara falar do defeito físico do rei em sua presença. Édipo conteve o espanto.
— Não é a esse defeito que você deve seu nome? — prosseguiu o mensageiro. — Você me foi entregue todo mutilado: tinham-lhe traspassado os tornozelos para amarrá-los.
Interrompido por um instante, o bombardeio de perguntas recomeçou:
— Quem foram meus torturadores?
— Ignoro. Mas aquele que me entregou você devia saber.
— Quem era?

— Dizia-se criado do rei Laio.
— Tebano?
— Com certeza.
— Tornou a encontrar-se com ele?
— Antes desse dia, do dia do menino, às vezes nos encontrávamos. Mas, desde então, nunca mais o vi.
— Será que ele ainda está vivo?
— Como posso saber? Mas a rainha Jocasta, talvez...
Édipo voltou-se rápido para a rainha. Ficou surpreso com a mudança dela. Mostrava um ar duro, distante.
— Rainha, está lembrada desse criado de Laio?
Com um gesto de mão, a rainha espantou a pergunta:
— Que importa?
— Que importa? Meu nascimento não importa?
— Caro Édipo, sempre pronto para se entusiasmar com as fábulas de qualquer um. Primeiro Tirésias, depois Tênero e hoje esse aí, que já não está muito bom da cabeça... E qual vai ser a profecia de amanhã? De que outra boca desdentada?
— Tem coragem de dizer que não ficou comovida com o que ele contou?
— Tolices.
— Devo considerar tolice aquilo que compromete meu destino?
— Se você me desse ouvidos, é isso que faria e seria bem melhor.
— Nunca vou recuar neste caminho que acaba de se abrir!
— É um beco sem saída, Édipo! Esqueça tudo isso, esqueça!
A rainha implorava. Édipo olhou para ela demoradamente.
— Inimiga da verdade — murmurou enfim. — Será que a rainha teme descobrir que seu marido não descende de alta linhagem? Que é de origem humilde? Ouça.

Não vou fechar os olhos sobre o assunto. Declaro ser filho da Fortuna: essa é minha mãe! Não vou me envergonhar do que ela me tiver reservado. Filho da Fortuna e da Verdade!
— Édipo! Eu lhe imploro!... Suplico!...
Mas o rei já não prestava atenção à rainha. O rei dava ordens:
— Tratem de encontrar a única testemunha de meu nascimento!
Ao atravessar o pátio, Jocasta não viu as crianças e pisou no jogo que elas tinham desenhado no chão. Ela corria para seus aposentos. Estava irreconhecível. O olhar era selvagem. Compreendera que não conseguiria deter a corrida para a catástrofe. Desapareceu, proferindo lamentos incompreensíveis.

***

"Noite ou dia?" As crianças brincavam de *ostrakínda*. Usavam uma concha de ostra que lançavam como malha. "Noite ou dia?", gritava o lançador. Brilhante e lisa de um lado, cinzenta e listrada do outro, a concha tinha de cair do lado brilhante num dos quadrados desenhados no chão, fugindo das duas casas redondas que representavam o ostracismo e o Inferno. O vencedor era quem chegasse primeiro à casa dos Campos Elísios, logo depois dos dois círculos fatais.
Só Antígona percebera a agitação da mãe. Preocupada, não sabia se devia ir atrás dela.
Era a vez de Polinices jogar. Ele acertava sempre. A concha ia cair diretamente nos Campos Elísios. Mas ela se pôs a girar. Todos os olhares seguiam a jogada de mestre. A alguns milímetros do risco que separava os Campos Elísios do Inferno, a concha deu a impressão de que ia cair. As crianças nem respiravam. A sorte hesitava interminavelmente. Enfim a concha tombou.

"Polinices no Inferno!"
Ismena batia palmas.
Estava feliz.

***

O regresso dos caçadores do Citéron foi anunciado. A notícia espalhou-se pela cidade.
— Eles trazem alguém!
— Há um homem com eles!
Todos acorreram para receber o grupo. Olharam para o pastor que Udeos trazia na garupa.
— É um velho!
— É Forbante!
— Você é Forbante?
— É apenas Forbante...
A busca foi considerada sem interesse. Nada além do velho Forbante...
O rei convocou os Anciãos e os arcontes. Quando o homem foi chamado a comparecer ao salão de audiências, houve um grande silêncio. Ouviu-se o tatear de um cajado de corniso nas lajotas da entrada. Édipo estremeceu: o que Tirésias vinha fazer ali? Mas não era Tirésias que entrava, e sim um velho fauno todo encurvado.
Édipo não podia acreditar no que via: por trás daquele disfarce de homem das matas, acabava de reconhecer o bandido que lhe escapara! O quarto homem! Não havia dúvida! O assassino de Laio em pessoa, se Delfos disse a verdade! Ó admirável perseguição realizada por Udeos, Hiperenor, Pelórion! Que magnífica presa eles lhe traziam!
Resolveu manter-se à parte. Assistiria em silêncio ao interrogatório conduzido pelo primeiro magistrado: decididamente gostava desse tipo de situação.

O prisioneiro mostrou-se hábil. Tivera tempo para preparar sua defesa! Chamava-se mesmo Forbante, e seguia a escolta de Laio naquele dia, sim; eles haviam caído numa emboscada, preparada por assaltantes de estrada — mas quem? Ele não os conhecia — eram muitos? Sim, eram muitos — mas quantos? Ele não sabia dizer. Não dá tempo para contar quando se está fugindo. Era o único sobrevivente.

Bem! Ele repetia a conhecida versão dos acontecimentos da *Skhistè Hodós*. A tese oficial. Podia-se esperar outra coisa? Forbante era o próprio autor! Já que ele era o assassino...

E o criminoso continuava calmamente a alimentar a credulidade geral.

Édipo interveio.

— Então, foi assim? Vocês foram atacados por bandidos?

— Foi assim, Majestade.

— Quantos bandidos você disse?

— Não me lembro direito: talvez três ou quatro.

Édipo voltou-se para os arcontes.

— Amarrem-lhe as mãos!

Era uma providência anunciadora de tortura. Forbante sabia disso. Gemeu.

— Não, meu senhor, não!

Édipo mandou suspender os preparativos dos arcontes.

— E então? Os assaltantes, quantos eram?

— Só havia um, senhor!

— Ora essa! E por que aquilo que sempre foi "três ou quatro" ficou de repente reduzido a um?

— Porque eu tinha medo, senhor.

— Ah, é? E neste momento, pelo jeito, você já não tem mais medo?

— Conto com sua clemência.

— Você acha que as suas mentiras me deixam satisfeito?

— Escondi a verdade sobre os acontecimentos da *Skhistè Hodós* porque tive vergonha. Vergonha de que apenas um homem tivesse vencido quatro. Quis fugir à desonra de não ter salvado meu senhor.

— Essa é muito bem pensada! Mas vai ser preciso inventar outra desculpa para me convencer... Vamos, Forbante, vou dar uma ajuda! Tire a máscara! Eu o estou reconhecendo!

— Eu também, Majestade!

Toda a assembleia se voltou: estas palavras acabavam de ser pronunciadas por um indivíduo que ninguém vira chegar.

— Eu também reconheço esse homem!

Pouco antes, Ifícrates, ao perceber a agitação nas imediações do palácio, perguntara o que havia. Contaram-lhe que os enviados traziam um pastor do Citéron, para depor. Achando que tinham encontrado quem ele procurava, Ifícrates entrara no salão de audiências. Por que interrogavam aquele homem, sem convocá-lo? Diante do rumo espantoso que o interrogatório tomava, ele decidira interferir.

A frase ainda ressoava:

— Eu também reconheço esse homem!

Houve um longo silêncio. O momento em que as águas do Lete liberam forças maléficas. Noite ou dia? O momento em que, entre os Campos Elísios e a morada das sombras amaldiçoadas, nada mais há que o sopro de uma palavra pronunciada ou contida, a espessura mínima de um risco sobre o qual oscila uma concha.

A cabeça de Édipo trabalhava a toda velocidade. Pressentia a tramoia. Ifícrates e Forbante eram cúmplices! A verdade ia aparecer: a morte de Laio era uma conspiração armada por Corinto! Ele, Édipo, fora o pretenso filho de Políbio, enganado desde o primeiro dia. Um peão usado por Corinto para colocar um dos seus no governo de Tebas! Isso é o que ele fora! Que cegueira! Bastaria ter aberto os olhos! Para que lhe haviam servido os olhos, a ele, tão hábil nas charadas?

— Mas eu não o reconheço — replicou Forbante.

Ifícrates não esperava tal resposta. Voltou-se para o rei, que achou engraçado bancar o intermediário:

— Tente desculpar, é que a memória dele está meio falha...

Édipo dispunha os protagonistas e se posicionava para desfrutar da peça que lhe haviam preparado.

— Não era você que costumava passar o verão cuidando de rebanhos no Citéron? — perguntou Ifícrates a Forbante.

— É, foi realmente lá que os enviados do rei foram me buscar...

— Refiro-me a muitos anos atrás, à época em que Laio era rei nesta cidade.

— De fato, durante o verão Laio me entregava dois rebanhos. Eu os levava até o Citéron. Ou a outro lugar...

— Os anos que se passaram lhe enfraqueceram a memória a ponto de você esquecer o pastor coríntio com quem conviveu durante três verões?

— Eu encontrava pastores vindos de muitas cidades. Decerto também de Corinto.

— Ora! Fazíamos desafios com a flauta...

"Desafios! Se for uma encenação, os intérpretes são fraquíssimos...", pensava Édipo. Será que a peça foi terminada às pressas? Não ensaiaram direito? A rápida captura de Forbante teria atrapalhado o plano dos conspiradores? O régio espectador vibrava de alegria: nem precisava fazer nada, eles iam se trair.

— Ora, Forbante!...

O homem de Corinto estava confessando conhecer o nome do traidor...

— Não está lembrado, Forbante?... Uma vez, não foram rebanhos que você levou ao Citéron, mas um recém-nascido mutilado! Trazia-o ao colo!

Nesse momento, Forbante perdeu o controle. De cajado em punho, atirou-se sobre o velho coríntio. Os arcontes fizeram barreira e o dominaram.

Assombro geral!

Édipo rompeu o silêncio. A velha paixão pela verdade: já não era uma chama, era incêndio!

— Por que não responde às perguntas do estrangeiro?

— Majestade, fui trazido aqui para depor a respeito da morte do querido rei Laio! E não para remexer numa história de outras épocas!

— E o que há de perigoso nessa história? — interveio Ifícrates, já refeito do susto. — Cumpri muito bem a tarefa que você me confiou naquele dia. Não pediu que eu salvasse e criasse o bebê mutilado? Pois então! Eu o salvei! E, com a ajuda dos deuses, saiba que fiz dele um príncipe, o príncipe que aqui está!

Ifícrates inclinou-se respeitosamente diante do rei de Tebas. Mas sua revelação não provocou em Forbante a reação esperada. O velho pastor estava arrasado, sem ação, quase morto.

Édipo pensou de raspão: "Será que Forbante, aquele pobre velhote, era seu pai?"

Filho da Fortuna e da Verdade...

O que acharia Jocasta?

— Então você conhece as circunstâncias de meu nascimento?

***

Jocasta estava diante da cama.

Nem Corina nem qualquer outra das camareiras conseguiram acompanhá-la na corrida desvairada. Ela se encostara à pesada porta do quarto para trancá-la. A corrida terminara ali, na intimidade mais inacessível do palácio dos Labdácidas, junto a este leito...

"Por muito tempo suspeito, jamais acusado, aí estás, leito imundo! Aí estás, lamaçal de uma rainha pura! Aí estás, mísera cama virtuosamente defendida! Aí estás, cama em que o horror manipulou a rainha prostituta!"

O vento ressecava o terraço. Engolfou-se pelo quarto. Suas carícias envolveram Jocasta. Ela não deixou. Depois de tudo fechado, instalou-se a penumbra no quarto.

E Jocasta tornou a ouvir a voz de Ifícrates: "Você me foi entregue todo mutilado: tinham-lhe traspassado os tornozelos para amarrá-los"... Ó prova irrefutável!... Aqueles pobres pés aleijados... Ó prova!... Saber é saber demais.

Tudo está evidente.

Jocasta sentiu um estranho alívio.

Tudo foi cumprido. Jocasta é culpada. De ter dado a vida. De ter conspirado pela vida. Crime de vida. Culpada de vida. Vítima, com certeza, joguete de uma horrível trama, mas culpada por ser vítima. Monstro!

Um Monstro...

A essa hora, toda a cidade já deve saber. Um Monstro... A notícia deve correr para outras cidades. Um Monstro... Amanhã ela viajará para terras distantes. O mecanismo da desgraça é previsível, infinitamente previsível.

"Vou superar você, Tirésias! Tudo foi cumprido. Venha exercer sua arte pela última vez! Vamos, a última profecia: este corpo, Tirésias... o que vai acontecer, agora, com este corpo monstruoso?"

***

Édipo gritava:

— Que espécie de homem é você, Forbante? Entrega o filho ao primeiro pastor que encontra, e hoje, diante desse filho, não quer confessar que o abandonou? E o que pensa que sou? Alguém incapaz de perdoar? E que tipo de filho? Incapaz de entender o sofrimento de um pai que teve um filho aleijado?

Forbante murmurou alguma coisa. Os presentes decifraram com dificuldade as terríveis palavras.

— Mas não sou seu pai!

Acrescentou:

— Em nome dos deuses, rei, não insista! Não lhe posso dizer mais nada.

E ainda, torcendo as mãos enrugadas:

— Em nome dos deuses!

Édipo respondeu com fúria:

— Escutem! Ouçam este Forbante! Ouçam bem, representantes de Tebas! Édipo é uma criança abandonada! Foi o que vocês ouviram! E vejam só: o mais humilde, o mais fraco dos meus súditos detém o segredo do nascimento de seu rei! O mais humilde, o mais fraco dos meus súditos se reserva o direito de decretar o que seu rei deve ou não deve saber! O que vocês todos devem ou não devem conhecer!

Édipo sabia manejar a oratória. Esperou pelo sussurro de reprovação que devia percorrer o público. Nada aconteceu. Tentou encarar as pessoas. Um a um, Presbites, Tênero, Udeos, Hiperenor, Pelórion, e até Ifícrates, todos abaixaram a cabeça.

Tinham entendido. Todos tinham entendido.

Exceto um.

Édipo, Édipo, como podes te confundir assim?

Ele perseguira a verdade insistentemente, examinara com método os mínimos indícios, pensava nas hipóteses mais sutis. Achara um primeiro suspeito:

Creonte. E o segundo: Tirésias. Instalara uma espécie de busca arqueológica ao revirar toda a história de Tebas. Encontrara a única testemunha da morte de Laio. Conseguira demonstrar seu próprio papel providencial no episódio da *Skhistè Hodós*. Vingador do rei. Decifrara, graças a Tênero, o significado do oráculo. Afastara os obstáculos colocados por Jocasta no caminho da verdade. Descobrira a conspiração tramada por Corinto.

Maravilha da lógica! Milagre da persistência! Ninguém podia acusá-lo de não ter procurado apaixonadamente pelo esclarecimento!

E, no entanto... no entanto... ainda não dera nenhum passo no caminho da revelação. Ou pior: saltara de engano em engano no caminho da verdade...

Agora mesmo, no término dessa pista, arquitetava a hipótese mais indigente, mais frágil, mais infantil: a paternidade de Forbante!

Édipo... Pobre Édipo...

Nenhuma aparência resistira ao olhar de Édipo! A não ser a aparência do próprio Édipo: a de rei ilustre, marido virtuoso, pai irrepreensível, filho insuspeito, só essa aparência conseguia resistir-lhe.

A verdade se escondia na evidência. A verdade se escondia na própria glória de Édipo. Presente, ao alcance da mão, a cada momento, e a cada passo, nas cicatrizes de seus pés. Ó verdade imensa!

O próprio excesso esmagava os presentes. Todos sabiam, agora! Édipo, sem perceber, lhes abrira as portas da verdade.

O silêncio tornara-se insuportável.

Forbante ia falar.

Infeliz e fiel servo: liberado pelo próprio Édipo do segredo daquele nascimento, que ele soubera manter por tanto tempo!

— O menino de pés machucados, é verdade, eu entreguei a Ifícrates. Eu recebera ordens para matá-lo bem longe de Tebas. Meu erro foi o de não ter tido coragem para cumprir essa ordem.
— Por que erro? Se afinal está dizendo a verdade, é a você que devo a minha vida! Bendita desobediência! Valoroso servo! Então é essa a terrível culpa que você tanto temia revelar?

A impaciência de Édipo se atirava para cada parcela da revelação. Forbante nela encontrava a última desculpa para sua covardia.

— Mas não podia imaginar que esse gesto de piedade... essa desobediência a meu amo...
— Quem era esse amo cruel?
— A Majestade sabe! Nunca tive outro!
— Quem? Laio?
— É, seu pai...

O raio caiu. Ao seu clarão, a mente de Édipo viu, rasgando o céu, a imensa sequência de causas e efeitos: a maldição de Hera, a tentativa de Laio para escapar dela, o oráculo de Delfos, seus esforços pessoais para desfazê-lo, o episódio sangrento da *Skhistè Hodós*, a Esfinge, a peste, e depois... e depois Etéocles, Polinices, Antígona, Ismena: o leito de Jocasta!

***

— Quando vi meu pai atravessar o pátio, senti muito medo. Nem parecia ele. Berrava. Chamava por minha mãe. Ia para os aposentos dela. Fiquei apavorada. Mas fui atrás dele. Tentou abrir as portas do quarto. Impossível. Começou a bater, com a espada. Com toda a força. A porta arrebentou. Ele entrou. Achei que ele ia matá-la. Mas só ouvi um grito horrível. E depois o silêncio. Cheguei mais perto. Bem devagar. E aí... Vi...

Os soluços interromperam o relato que Antígona fazia a Creonte. Ao dar com a cena da mãe enforcada e o pai caído a seus pés, a menina correra para a casa do tio Creonte.

— Você é muito corajosa, Antígona, e a desgraça foi muito grande. Fez bem em ter vindo me avisar. Seu pai precisa de mim. Vou ajudá-lo. Você deve continuar assim, bem forte. Fique aqui e não diga nada a seus primos.

— Não, não quero ficar aqui.

— Fique, continue a ser forte, e obedeça.

Creonte saiu. Já não havia sentinela na frente de sua porta. Ao correr para o palácio, ele não viu a sombra de uma menina persistente que o seguia.

O que o esperava era ainda pior do que o relatado por Antígona. Atravessou o terrível silêncio do palácio, até os aposentos da irmã. Passou diante de silhuetas imóveis, que deviam ser dos Anciãos, dos arcontes, ou de alguns parentes do rei.

E, por fim, viu.

Jocasta tinha sido descida. Jazia agora sobre a cama. A seus pés, Édipo, imóvel, no meio de uma poça de sangue.

— Édipo, vim...

O rei virou-se para ele: em vez dos olhos, havia dois buracos sem fundo de onde brotava sangue.

— Infeliz! O que fez?

Édipo não respondeu. Segurava ainda o broche de ouro que pertencia a Jocasta, com o qual furara os olhos.

— Édipo! Sou eu, Creonte!

— Creonte! Ah, Creonte! Saúdo o rei de Tebas!

— Majestade...

— Majestade? Majestade! Majestade da abominação... Majestade do último dos últimos... Tudo está acabado, Creonte... Horror dos horrores! Mas ouça... Foi bom você ter vindo...

De joelhos, Édipo estendia o rosto de modo estranho na direção do regente. Creonte afastava o olhar, fugindo à vista daquele horror.

— Você precisa me expulsar, Creonte, me banir para sempre desta terra a que causei tanta desgraça. Já não tenho o direito de manchá-la com minha presença. Vou sair pela estrada. Expiar. Carregar minha infâmia como mendigo pelos caminhos da Grécia, até minha morte. Mas, antes, peço-lhe um favor: quero beijar meus filhos. Depois, reúna o povo de Tebas na frente do palácio: quero que ouçam, quero que contemplem a baixeza daquele que lhes trouxe a maldição dos céus... Ah! e também me arranje um bom cajado de corniso; vou precisar muito.

— Não, não vai precisar. Eu é que vou guiá-lo.

Antígona estava de pé na frente deles.

Sem se mostrar impressionada, ela se curvou para o pai e o ajudou a levantar-se.

Com muita doçura.

***

Os arautos percorrem a cidade. Anunciam que o rei desmascarou o assassino de Laio. Todas as casas ficam vazias. Todas as ruas ficam cheias. O povo de Tebas dirige-se para o palácio da Cadmeia. Sob o sol poente, ele se concentra ao pé da escadaria. Soam as tubas. Tudo fica imóvel. Abrem-se lentamente as pesadas folhas da porta de bronze. Gemem ao girar nas dobradiças. No alto da escadaria, a esplanada está deserta. Surpreso com esse peso fúnebre, o povo se cala. Enfim, as folhas da porta param. A entrada do palácio fica escancarada, como uma boca sombria. Vindas do fundo, duas frágeis silhuetas aparecem afinal. Atravessam a esplanada com passos curtos até a borda do primeiro degrau. Logo reconhecem Antígona. Mas, e o outro, o cego de rosto ensanguentado e todo curvado? Só o reconhecem quando ele fala.

— Povo de Tebas, anuncio o fim de vossos sofrimentos! O oráculo de Delfos havia profetizado a Laio e a Jocasta um filho que mataria o pai e dormiria com a mãe. Esse filho maldito foi encontrado. Ei-lo diante de vós. Ficai cientes de que o que aconteceu foi à sua revelia, que ele foi, sem querer, o instrumento do destino, e que se horroriza com tudo isso. Não tem mais o direito de ver a luz do dia. Deixai-o partir e livrai vossa terra de sua mancha.

Apoiado em Antígona, Édipo endireitou-se. Os dois desceram a escadaria. A multidão afastou-se. A passo firme e com a cabeça erguida para o céu, Édipo dirigiu-se para o Oriente, ao encontro da noite.

GLOSSÁRIO

Adivinho: pessoa que, na Grécia arcaica, era capaz de entender a vontade dos deuses, por inspiração direta de um deles ou por intermédio da observação do voo das aves, do exame das vísceras de animais sacrificados, da interpretação dos sonhos e de outras técnicas.

Agamedes: célebre arquiteto grego que projetou a câmara nupcial de Alcmena e Anfitrião, além de vários outros monumentos, como o templo de Apolo, em Delfos.

Agamenon: chefe dos exércitos gregos durante a guerra de Troia.

Alcmena: era esposa de Anfitrião, de beleza e castidade excepcionais. Em Tebas, porém, ela concebeu Héracles, por obra de Zeus, que, tomando a forma do marido, introduziu-se em seu leito.

Anfitrião: esposo de Alcmena, expulso de Micenas após ter matado acidentalmente seu sogro. Alcmena o acompanhou no exílio, em Tebas.

Antíope: moça de extraordinária beleza que, seduzida por Zeus, ficou grávida e foi perseguida pelo tio Lico, regente de Tebas.

Apolo: o deus sol. Seus atributos são a música (é o deus tocador de cítara), a poesia, a medicina e os oráculos. Como deus da medicina, sua capacidade de cura faz dele, também, o deus purificador, que limpa a culpa de criminosos e pune com pragas os crimes não expiados. Como divindade dos oráculos, que formula por meio de mensagens enigmáticas, Apolo revela aos homens o futuro, pelo que é chamado "o que vê a distância". Portador de um arco de flechas indolores e infalíveis, ele mata, também a distância, seus inimigos.

Arauto: emissário encarregado de comunicações solenes e de diversas funções nas cerimônias públicas.

Arconte: magistrado político com muitas prerrogativas no Poder Executivo.

Ártemis: a deusa romana Diana, a lua, irmã noturna de Apolo. Estende seu feroz poder à natureza selvagem. Tebas lhe dedica um culto especial.

Atena: a deusa da inteligência prática, que preside as técnicas em geral, como o artesanato, e a guerra. Chamada Minerva pelos romanos, nasceu da cabeça de Zeus. Não deve ser confundida com Ares, deus dos massacres, da cólera guerreira que torna cegos os homens em batalha.

Atreu: filho de Pélope e de Hipodâmia, opositor feroz do irmão Tiestes, de quem matou três filhos e os serviu em banquete ao próprio pai, que comeu de suas carnes. Atreu teve como filhos Agamenon e Menelau.

Bacanais: celebrações noturnas de Baco ou Dioniso, em que aconteciam excessos cometidos principalmente pelas mulheres sob o efeito do vinho.

Bóreas: deus do Vento Norte.

Cadmeia: nome da cidadela de Tebas.
Cadmo: um dos filhos de Agenor, rei de Tiro, sai em busca da irmã Europa, raptada por Zeus. O oráculo de Delfos recomendou, porém, que abandonasse a procura e o encarregou de fundar uma cidade: Tebas, da qual foi o primeiro rei.
Cárites: as três Graças, que acompanham ora Apolo e as Musas, ora Afrodite, ou, ainda, Dioniso. Presidem o bom humor, a alegria, as festas, a amizade e os bons propósitos.
Crono: também conhecido como Saturno, nome que os romanos lhe atribuíram, é filho de Urano (o céu) e de Gaia (a terra). Torna-se o mais poderoso dos deuses ao mutilar e destronar Urano. Após desposar a irmã Reia, devora os filhos à medida que nascem, a fim de evitar o cumprimento de uma profecia segundo a qual seria destituído do poder por um deles.
Crotopo: filho de um rei de Argos. Manda matar a filha Psâmate, por não acreditar quando ela lhe conta ter tido um filho de Apolo.
Dioniso: também chamado Baco, filho de Zeus e de Sêmele, é a divindade do vinho. Alimentou uma abundante mitologia, da qual uma grande parcela parece ter vindo da Ásia Menor.
Édipo: "pés inchados", segundo a etimologia popular.
Efebo: jovem que, aos 18 anos, se submete a um intenso treinamento físico e militar.
Erínias: as três divindades violentas que velam sobre a ordem familiar e social. Punem os criminosos enlouquecendo-os, e os atormentam até o Inferno.
Esfinge: monstro feminino com cabeça e seios de mulher, patas e cauda de leão e dotado de asas.
Estige: rio do Inferno.
Eurídice: mulher do tebano Creonte, mãe de Megareu e de Hêmon. Não confundir com a Dríade, por quem Orfeu desceu ao Inferno.
Europa: filha de Agenor, rei de Tiro. Apaixonado por ela, Zeus a rapta, disfarçado de touro.
Exposição: maneira pela qual os filhos indesejáveis eram abandonados em lugar deserto quando nasciam.
Faunos: deuses dos campos e das florestas, tinham chifres de cabra, corpo de homem da cintura para cima e de bode da cintura para baixo.
Fúrias: divindades primitivas semelhantes às Erínias.
Harpálice: filha de Clímeno, é obrigada pelo pai ao incesto com ele. Depois de fazer Clímeno devorar os filhos dessa união, ela é morta por ele.
Hefesto: chamado Vulcano pelos romanos, é o deus ferreiro, nascido manco.
Hera: a Juno dos romanos, é a esposa de Zeus, guardiã do amor legítimo.
Héracles: mais conhecido por seu nome romano, Hércules, é filho da união ilegítima de Alcmena e de Zeus, e por isso perseguido pela inveja de Hera. Num acesso de loucura provocado por essa deusa, matou todos os filhos.

Hermes: o deus Mercúrio dos romanos. Filho de Zeus e de Maia, reina sobre as estradas e os viajantes, além de servir como mensageiro e intérprete aos deuses do Olimpo.

Ibéria: colônia fenícia localizada no litoral oriental da atual Espanha.

Inferno: o mundo dos mortos, sob a terra, onde as almas dos humanos vagam sem memória.

Labdácidas: linhagem proveniente de Lábdaco, avô de Édipo.

Lábdaco: neto de Cadmo, o fundador de Tebas, e pai de Laio.

Lâmia: jovem perseguida por Hera, que se transforma num monstro ciumento de qualquer mãe, passando a roubar e a devorar todo recém-nascido.

Lete: o rio do Esquecimento, situado no Inferno.

Licáon: rei da Arcádia que assassinou várias crianças para oferecê-las em sacrifício aos deuses, sendo punido por Zeus que o transformou em lobo.

Ligúria: colônia fenícia implantada no golfo da atual Gênova.

Métis: divindade arcaica, filha de Oceano e de Tétis. É a inteligência prudente, sutil e astuta.

Náiades: ninfas dos ribeiros e riachos.

Nêmesis: divindade da vingança, encarregada de castigar todo excesso humano.

Nereidas: divindades do mar calmo, tão inumeráveis quanto as ondas.

Ninfas: divindades femininas que, como as fadas, povoam campos, bosques e águas. Moram em cavernas, árvores ou fontes.

Pancrácio: tipo de combate, exercitado em ginásios, que compreendia a luta e o boxe.

Parcas: divindades do destino. São três irmãs que tecem o destino de cada ser humano. Desconhecem a piedade.

Peixe solúvel: alusão a um título do autor surrealista André Breton.

Pítia: sacerdotisa de Apolo em Delfos, que entrava em transe para proferir seus oráculos.

Polícrito: depois de morto, apareceu para devorar seu filho recém-nascido.

Ponto Euxino: mar Negro.

Sátiros: deuses da natureza que faziam parte do cortejo de Dioniso. Eram representados como homens com pés e cauda de cavalo ou com chifres e pés de bode e cauda de cavalo.

Sicofanta: acusador público.

Tântalo: lendário rei da Lídia que matou o filho Pélope para preparar uma refeição que serviu aos deuses. Por isso foi condenado a sofrer fome e sede eternas: imerso até o pescoço num lago de águas límpidas, sempre que tenta beber, a água lhe foge; tendo sobre a cabeça, ao alcance das mãos, frutos que pendem das árvores, sempre que vai apanhá-los, eles se afastam.

Zeus: o romano Júpiter, o maior dos deuses olímpicos, filho de Crono e de Reia. Unindo-se a várias divindades além da esposa legítima, Hera, dá origem a uma grande descendência de deuses e semideuses.